Las palabras justas

Milena Busquets

Las palabras justas

EDITORIAL ANAGRAMA
BARCELONA

Ilustración: foto © Gregori Civera

Primera edición: junio 2022
Segunda edición: junio 2022
Tercera edición: agosto 2022
Cuarta edición: noviembre 2022
Quinta edición: noviembre 2022
Sexta edición: marzo 2023

Diseño de la colección: Julio Vivas y Estudio A

© Milena Busquets, 2022
    Publicado de acuerdo con Pontas Literary & Film Agency

© EDITORIAL ANAGRAMA, S. A., 2022
    Pau Claris, 172
    08037 Barcelona

ISBN: 978-84-339-9957-3
Depósito Legal: B. 8114-2022

Printed in Spain

Romanyà Valls, S. A., Sant Joan Baptista, 35
08789 La Torre de Claramunt

A Marc Bassets, por la idea.
A Héctor, por el título.
A Noé, por el amor y los gruñidos.

6 de enero

Lo único que hay hoy para desayunar son los *marrons glacés* que me han traído los Reyes.

8 de enero

Carmen quiere saber qué hacer con los adornos de Navidad, si dejarlos un año más o hacer como «la gente normal» y guardarlos en lo alto del armario. Le pido que los deje puestos unos cuantos días más. Resulta deprimente tener que desmantelar la Navidad. También tengo toda mi ropa mezclada, invierno, verano y entretiempo. ¡Si todo pudiese ocurrir a la vez y todo el rato! Es un incordio el tiempo, no solo porque pase tan deprisa y no nos demos cuenta y ya estemos muertos, sino por su manía del orden, primero esto, después aquello, después lo de más allá, como una profesora de guardería. Todo a la vez no puede ser, pero en cambio en nuestra cabeza y en nuestro corazón todo ocurre simultáneamente.

13 de enero

Se ha roto la vela de María Antonieta. Estaba con el móvil en la mano intentando leer un mensaje que me acababa de mandar un hombre que me gusta cuando he cogido la vela, que estaba colocada encima de un montón de libros (necesitaba consultar uno de ellos para resolver una duda del hombre que me gusta), y se me ha caído al suelo y se ha roto el cuello.

«Vaya», he pensado, «pobre María Antonieta, decapitada una segunda vez por mi mala cabeza y mi obsesión por los chicos.» He recogido los trozos –por suerte se había partido en dos fragmentos limpios– y con mucho cuidado he vuelto a colocar la cabeza de la reina encima de sus hombros. Ha quedado perfecta, no se nota nada. Pero creo que el hombre que me gusta se tiñe el pelo.

15 de enero

Me interrumpen sin cesar cuando escribo, Carmen y mis hijos principalmente. No lo hacen para fastidiar, sino porque creen de veras que tienen cosas importantes que decirme. Tengo una frase buena en la cabeza, bajo a abrir al mensajero y, cuando subo, la frase se ha diluido o se ha esfumado o he olvidado la estructura precisa que hacía que aquello tuviese alguna gracia. No tengo una habitación propia, al menos no para trabajar. En realidad, creo que me gusta escribir en medio de cierto barullo controlado. Entiendo muy bien a las mujeres que deciden parir en casa. Yo no lo haría nunca porque desconfío de la naturaleza y porque todo debe de quedar asqueroso después de un parto, pero comparto la idea de querer restarle importancia a un acto trascendental y significativo, aunque solo lo sea para uno mismo.

20 de enero

Hoy Carmen mientras trajinaba con el plumero, su electrodoméstico favorito y también el de mi hijo mayor, que considera que limpiar su habitación consiste en pasar con vigor el plumero por encima de los muebles mientras escucha a Wagner, ha golpeado sin querer la vela de María Antonieta. La cabecita rosada se ha despeñado de nuevo por la montaña de libros y ha rodado hasta sus pies. Carmen ha quedado petrificada con el plumero en alto y me ha mirado con cara de estupor. «Tranquila, tranquila», le he dicho, «la rompí yo hace unos días mientras buscaba unos documentos importantes.» Hemos decidido asegurar la cabeza con celo para que no ocurran más desgracias. Es una chapuza absoluta, el celo reluce escandalosamente contra la cera mate, pobre María Antonieta.

27 de enero

He cambiado la vela de lugar, antes estaba detrás de mí y ahora está en la estantería de delante. Le he cogido un poco de manía. Me recuerda al hombre que ya no me gusta y por culpa del cual María Antonieta fue decapitada por segunda vez.

5 de febrero

Me he comprado unas bailarinas verdes. Todavía es invierno, así que deberé esperar unas semanas antes de estrenarlas. Comprar ropa es algo muy parecido a hacer planes. En cuanto las he tenido en mis manos, e incluso antes, en cuanto empecé a desearlas, me puse a imaginar en qué ocasiones me las pondría, son de un verde profundo, del color de los abetos en medio de la nieve. El arranque de los dedos sugerente e impúdico como todos los arranques queda al descubierto. Mi empeine, suave y liso, surcado por unos huesos largos y delgados como palillos chinos, desemboca en el inicio de los dedos, regordetes y algo infantiles en comparación. La suela es de color arena, delgada y flexible, y está fijada por unos pequeñísimos clavos plateados. Caminar con ellas es casi como ir descalza, una se siente un poco más vulnerable que de costumbre. Igual que con zapatos de tacón una se siente un poco más tonta que de costumbre porque en el fondo sabe que se los está poniendo para un estilo de hombre y de mundo que ya ni siquiera le interesan mucho, y para un tipo de feminidad que nunca ha anhelado, o solo durante cinco minutos.

8 de febrero

Sé cuándo alguien me gusta porque al instante tengo ganas de tocarlo. De pequeña, entraba en las tiendas con las manos tendidas como radares, deseosa de tocar todo lo que me atraía (prendas suaves o brillantes, objetos extraños y desconocidos, todo lo que diese ganas de tumbarse y de acurrucarse) a pesar de las advertencias y broncas de mi madre. ¿Cómo iba a ver algo si no lo tocaba? Para un niño, sus ojos también son sus manos y su boca, como para los enamorados.

12

12 de febrero

Me pondré las bailarinas cuando vaya a ver al psiquiatra. A veces cuando hablo con él me olvido durante un rato de mi cuerpo y al final de la sesión me pregunto si estaba bien sentada, si mi postura era armoniosa y agradable a la vista. Ayer llevaba unos zapatos de cordones muy elegantes de color marrón oscuro. Relucían debajo de su escritorio como dos animales al acecho en medio de la oscuridad. Al cabo de un rato me olvidé de ellos.

13 de febrero

La capacidad de seducción debería servir exclusivamente para conseguir amor (o sexo, que es casi lo mismo), cualquier otra transacción resulta fraudulenta y deshonesta.

20 de febrero

Solo me interesa saber cómo han dormido mis hijos y los hombres que de vez en cuando duermen conmigo. Nadie más en el mundo.

25 de febrero

La amistad la sé hacer, el amor también, ahora debería aprender a escribir novelas.

Hacemos cosas que no tenemos ni remotamente idea de cómo hacer.

Los lunes y los miércoles por la mañana intento ir a yoga. En la clase hay una chica a la que no he visto sonreír jamás, intentar hacerse la simpática con ella no sirve para nada. El otro día se volvió hacia mí y pensé que por fin se había dado cuenta de que tenía al lado a un ser excepcional, pero cuando ya estaba desplegando mi mejor sonrisa de complicidad, me miró con cara de asco y me dijo: «Estás demasiado cerca, ¿no?» El virus ha dado alas a la gente impertinente. Así que tuve que arrastrar mi esterilla unos metros más allá. Lo bueno es que soy mucho mejor que ella, y aunque en teoría el yoga sea una disciplina no competitiva, hace mucha ilusión ver que la persona que tienes al lado se ha quedado bloqueada a media postura y que sus manos no tienen ninguna posibilidad en el mundo de llegar hasta el suelo.

Unos meses después del inicio de la pandemia, la directora de la escuela compró una pantalla gigante para transmitir las clases y que los alumnos las pudiésemos seguir desde casa. Algunos días hay fallos en la conexión y una de las partes no puede oír a la otra. «¡No se oye!, ¡no se oye!», gritan los alumnos desde sus hogares cuando Laura empieza a hablar. Entonces se detiene e intenta arreglarlo agitando el cable del micrófono o tocando unos botones del ordenador mientras los otros van haciendo que no con la cabeza. Cuando por fin todo funciona, siempre hay uno de los que están en casa que olvida cerrar su micrófono, lo que hace que todos podamos escuchar sus comentarios, maldiciones y resoplidos. Laura tiene que interrumpir la clase una vez más para pedir que lo silencie. Algunos días, Lourdes, la directora, entra, alegre y saltarina, para intentar ayudar. Presiona en vano unos cuantos botones más y al final dice: «Espera, espera, ahora te llamo por el móvil.» Me he dado cuenta de que el señor que tiene problemas con el audio es siempre el mismo, el mejor alumno de la escuela, un hombre de ochenta años, alto y delgado, que puede quedarse cabeza abajo durante días y días sin que le pase nada. He empezado a sospechar que tal vez esté un poco enamorado de Lourdes y que por eso quiere que le llame cada día por el móvil. No es normal que alguien tan hábil y preciso con su propio cuerpo no logre aprenderse lo del audio. También porque siempre pregunta por ella y, cuando no está, le pide a la profesora que le dé muchos recuerdos, como si hiciese dos siglos que no se ven. La explicación a casi todos los comportamientos ridículos y situaciones absurdas está casi siempre en el amor.

4 de marzo

Quien no se conforma con la posteridad es porque la ve demasiado cerca. ¿Qué está pasando con todos estos grandes artistas que de pronto, una vez pasados los setenta y ochenta años, afirman que les da lo mismo lo que ocurra con su obra una vez muertos, que desafían a la muerte, que mienten?

11 de marzo

«Los pájaros ya han empezado a cantar de una manera diferente», me ha escrito Enric, que vive en el campo, esta mañana. Si no fuese porque ya estuvimos casados y porque tenemos un hijo en común, me habría enamorado al instante de él. Cualquier hombre que escuche a los pájaros es digno de amor eterno.

15

15 de marzo

Intentar seducir desde la platea de un gran teatro a un desconocido que está sentado en el primer piso (y al que apenas puedo distinguir debido a la oscuridad y a que creo que necesito gafas) es culpa de que los pájaros hayan empezado a cantar de una manera diferente. En otoño intentaremos volver a comportarnos como personas sensatas.

De adolescente, cuando iba al cine con mis amigas, también me imaginaba que sentado unas filas más atrás, en medio de la oscuridad, debía de haber un hombre maravilloso que se estaba enamorando perdidamente de mí, de mi nuca, de mi coleta y de mi alma. Ni idea de cómo se puede vivir sin eso.

20 de marzo

La pereza no me ha impedido gestionar, sin la ayuda de nadie en la mayoría de los casos, mi vida y la de mis hijos. Ni siquiera he recurrido al típico truco de artista que consiste en enamorarse de una mujer o de un hombre que esté convencido de que eres un genio y acceda encantado a ocuparse de todos los asuntos prácticos y engorrosos de la vida mientras tú cumples con tu elevada misión. Pero la verdad es que la mayoría de las veces preferiría no hacerlo y que lo hiciese otro, un robot, por ejemplo.

No quiero ser una genia sino un genio.

Los escritores siempre decimos que lo importante es escribir cada día. Pero ¿para quién? ¿Para nosotros, para los lectores, para nuestra cuenta bancaria, para la literatura universal? También hay escritores que dicen que si no escribiesen se morirían. ¡Oh! ¡Qué coquetos dramáticos exagerados! Luego escriben así, claro.

25 de marzo

Hay días, cuando camino por la calle con la mascarilla puesta y estoy de buen humor, que me siento como una dama veneciana del siglo XVIII en medio del Carnaval, con el rostro cubierto para poder hacer todas las fechorías que me apetezcan.

Ayer, mientras curioseábamos con un amigo en una librería, me di cuenta de que llevaba la mascarilla mal puesta, me acerqué a él y con cuidado se la volví a colocar bien. Al instante percibí la sorpresa y la turbación de ambos, tan inesperada, ante la intimidad y el erotismo de aquel gesto nuevo. Estoy segura de que los dos nos ruborizamos debajo de nuestras mascarillas. Me devolvió el gesto rozándome la mano al abrir la puerta para salir. Hay personas con las que mantenemos largas conversaciones mudas.

26 de marzo

Podemos inventar escenas y situaciones, levantar ciudades, planetas y mundos, crear personajes que nunca han respirado ni pisado la tierra, retorcer la realidad hasta hacerla irreconocible y, sin embargo, de pronto nos parece que escribir que un restaurante estaba en Sarrià cuando en realidad estaba en Gràcia es una transgresión inaceptable.

27 de marzo

¿Qué ocurriría si todo sucediese a la velocidad que a mí me gustaría, o sea, muy deprisa?

30 de marzo

El mundo está abierto de par en par. La sensación vertiginosa y feliz de que todo es posible, no de que todo es posible todavía, de que todo es posible y punto. No es que haya un plan B, hay miles.

31 de marzo

Hoy me ha contado la directora del centro de yoga que un alumno romántico le manda historias eróticas con ella como protagonista. No le gustan y no le hacen ilusión, por lo visto están muy mal escritas.

Amamos siempre igual, desde la infancia hasta la muerte. De todas las cosas que podemos modificar de nosotros mismos, la forma de querer es la más difícil.

3 de abril

El mundo se divide entre los que se enamoran antes de conocer a la persona y los que se enamoran después. No, no. El mundo se divide entre los que dicen que se enamoran antes de conocer a la persona y los que dicen que se enamoran después.

5 de abril

Me he encontrado por la calle a nuestro antiguo portero de la Bonanova, seguimos siendo vecinos. Ha empezado a preguntarme por el portero actual y a media frase ha recordado que ya no vivo allí desde hace casi tantos años como él. El otro día me contó que un antiguo vecino se tiró por el balcón, o eso entendí. Encontrarme con Miguel me sume en una nostalgia terrible durante dos o tres minutos. Pocas cosas duran más que dos o tres minutos, el amor por los hijos, por los padres. Lo demás son dos minutos.

6 de abril

Lo más difícil para un escritor es borrar, eliminar, tirar, desechar, reconocer que algo no está a la altura que uno quiere. Mi truco: cuando no sé si dejar algo en un texto o quitarlo por demasiado obvio, manido, cursi o poco original, pienso en dos o tres columnistas y escritores que no me apasionan demasiado. Si me parece que la frase les gustaría o incluso que la hubiesen podido pensar o escribir ellos, la descarto sin dudar ni un segundo, sin ninguna pena ni dolor en el corazón. Quita, quita.

9 de abril

Ayer por la noche vi el documental *The Dissident*, sobre el salvaje asesinato de Jamal Khashoggi en el consulado de Arabia Saudí en Estambul hace tres años. Al final lo único que realmente importa es si te juegas o no te juegas la vida por ser quien eres, por pensar como piensas, por haber nacido en un lugar u otro del mundo. Todo lo demás es una broma. ¿No te juegas la piel? Pues calla o al menos sé consciente de en qué lado de la barrera estás: en el de los vivos, en el de los que no pueden ser detenidos, encarcelados, torturados y asesinados en cualquier momento. El documental sobre Khashoggi, como los buenos documentales sobre la naturaleza, ayuda a ponernos en nuestro lugar: el de las pulgas felices. Y siempre es bueno recordar el lugar que uno ocupa en el mundo.

10 de abril

«Solo hay una elección realmente importante para las mujeres: dedicarse al amor o al resto. No hay más.» Esta frase tenía que ir en mi última novela y creo que al final me olvidé de ponerla. O sí que la puse. No sé. Es buena. Y además es verdad.

La elegancia que requiere el más mínimo esfuerzo no es elegancia.

11 de abril

Carmen trajina por casa mientras yo trabajo en el comedor. Arregla las habitaciones de los chicos, limpia los cristales, lava la ropa, ocasionalmente plancha. De pronto le suena el teléfono y lo coge. «No, no, esta tarde no podré ir a trabajar. Me encuentro fatal. Lo siento mucho. Iré mañana», dice. Cuelga, me mira con cara de pilla y nos echamos a reír las dos. Está como una rosa. Otros días hace lo mismo conmigo. Y a veces, como todo el mundo, está verdaderamente enferma, claro. La he despedido en múltiples ocasiones, pero siempre acabamos cediendo, unas veces yo y otras ella. La última vez, cuando regresó al cabo de dos semanas debido a mis súplicas, nos abrazamos con lágrimas en los ojos, le subí el sueldo y, en un ataque de pragmatismo, le dije:

–Bueno. Ven. No vengas. Ven cuando quieras. Haz lo que quieras.

No ha vuelto a faltar ni un solo día.

No sé mandar. El problema es que tampoco sé obedecer.

12 de abril

Ya no soy la misma que hace un año, pero sigo siendo la misma que hace cuarenta y cinco.

13 de abril

No tengo ni una sola idea política propia. Si durante una cena un amigo da su opinión sobre algún acontecimiento político, pienso: «Ah, pues sí. Es verdad.» Y si al cabo de cinco minutos otra persona dice lo contrario, pienso: «Sí, sí, tiene razón también.» Y luego, cuando llego a casa, ya no vuelvo a pensar en ello nunca más. O sea: la política me importa un pimiento. Me interesan: mis hijos, el amor y las artes. Nada más. Cuando sobre algo no tienes ni una sola idea original, tal vez sea mejor no hablar del tema. De todos modos, me parece que discutir sobre política es como darse golpes con la cabeza contra un muro de ladrillos: nadie cambia nunca de opinión ni un milímetro y solo sirve para acabar pensando (y a veces incluso diciendo) que el que tienes delante es un idiota. Y una vez que has pensado de alguien que es un idiota, aunque solo sea durante cinco segundos, ya es muy difícil volver atrás. Afortunadamente, ser memo no es un defecto grave, ni siquiera para los que lo padecen, sufren mucho más los envidiosos y los resentidos.

14 de abril

Ya hay ropa que solo me gusta porque me recuerda a otra ropa y personas que solo me gustan porque me recuerdan a otras personas.

15 de abril

No sé cómo hablar con el psiquiatra, no entiendo qué quiere de mí. Dice que no necesito medicación sino hablar. Ayer percibí en él una ligerísima irritación, muy masculina, casi imperceptible, como un pequeño tic en el ojo izquierdo. Tal vez debería ser más seria y solemne. La verdad es que dudo mucho que indagar más sobre mí misma vaya a servir para nada. Ahora ya estoy preocupada por la siguiente sesión. Cuando fui al psiquiatra por primera vez, hace unos doce años, me pareció mucho más fácil. Le gusta mucho Houellebecq, como a mí, y ayer me dijo que le había parecido que *También esto pasará,* del cual se había leído unas cuantas páginas porque es un hombre muy ocupado y no tiene mucho tiempo, estaba muy bien escrito. Me lo dijo al final de la sesión, así que a pesar de todo salí contenta.

Yo me había puesto unos zapatos no muy bonitos, pero tampoco feos, porque amenazaba lluvia, y él llevaba unos zapatos de cordones que hacían un ruido bastante gracioso cuando caminaba, como el graznar de un pato, cruic, cruic.

16 de abril

Ningún escritor en el planeta Tierra, ni el más cándido, ni el más bobo, ni el más puro, escribe un diario sin pensar que tal vez algún día se publique. Ninguno. Ni un diario ni la lista de la compra.

17 de abril

Creo que Madrid es el único sitio del mundo donde siempre soy feliz.

Ayer la ciudad estaba tan luminosa, las avenidas tan anchas y la gente tan bien vestida, que me entraron unas ganas terribles de irme a vivir allí. Tenemos idilios con las personas y con los lugares, con nada más, lo demás son ligues (un helado, un perfume, una marca de ropa, un restaurante o lo que sea). Mi romance con Madrid tal vez se deba, en parte, a que mi larga historia de amor con Barcelona se ha deteriorado bastante. Ya no recorro sus calles a grandes zancadas, levantando la vista hacia el cielo, respirando profundamente y sintiéndome muy afortunada, ahora me fijo en la mugre y en la fealdad de sus rincones y cada vez que abre la boca pienso que va a decir alguna tontería. Un día de estos me despertaré y, todavía medio dormida y envuelta en sueños, le mandaré un mensaje: «Barcelona, tenemos que hablar.» Vaya asco.

18 de abril

Por escrito la gente se retrata antes (y de un modo más crudo y radical) que en persona porque en realidad escribir es muy difícil. Dos mensajes, tres emoticonos y ya sabes casi todo lo que necesitas saber. Personas que en vivo me caen muy bien, por escrito me despiertan instintos asesinos.

21 de abril

Mis hijos, siempre tan deseosos de ayudar, me sugieren temas para hablar con el psiquiatra. Creo que el otro día se quedó dormido unos segundos mientras yo le hablaba. El ojo derecho se le entornó y quedó fijo en un punto de mi frente, el izquierdo parecía dispuesto a hacer lo mismo, cuando despertó. Le debe de ocurrir con frecuencia porque en ningún momento perdió la compostura ni se sobresaltó. Tal vez sea una táctica para hacerme cambiar de tema, pensé, pero lo dudo, no puede ser tan buen actor. O igual sí.

22 de abril

En el amor nada es una pérdida de tiempo, todo sirve, la experiencia más banal, más absurda, más ridícula, más humillante, más dolorosa, sirve, nada cae nunca en saco roto. Es imposible perder el tiempo con el amor, enamorarse —aunque solo sea durante dos días, aunque sea tontamente, aunque sea por despecho o por aburrimiento o por curiosidad— sirve siempre precisamente para lo contrario, para ganar tiempo.

Una vez al año, en Barcelona, en Madrid y en muchos otros lugares, los escritores son expuestos al público, no para hacer lo que supuestamente mejor saben hacer, escribir, sino para firmar y dedicar sus libros. Tal cosa no ocurre con ninguna otra profesión artística, ni actores, ni músicos, ni pintores son expuestos de ese modo tan crudo: en plena calle, a menudo bajo un sol inclemente, detrás de un humilde tablón de madera colocado encima de un par de caballetes. Te sientas detrás de una mesita, firmas libros e intentas ofrecer algo auténtico y verdadero a cada una de las personas que se acercan a verte. Casi nadie viene solo a buscar una firma. ¿Lo conseguimos siempre? No lo sé, no es fácil, intentas decirles: «Sí, sí, no te has equivocado, detrás de estas páginas hay alguien no demasiado distinto a ti porque en realidad somos todos muy parecidos.» Intentas prestar a esa persona una milésima parte de la atención que ella ha dedicado o va a dedicar a tu libro. Tú sientes que estás en deuda con ellos y ellos se sienten en deuda contigo (no todos, hay un tipo de lector, el lector petulante, que viene a verte con la intención de darte un par de lecciones sobre literatura y vida). Tú en el fondo crees que ellos están equivocados y que deberían estar leyendo a Proust, pero igualmente deseas que te quieran eternamente. Cien firmas: cien microrromances de dos minutos. Por fuerza los pobres escritores acaban el día aturdidos (los que tienen la suerte de firmar libros, hay grandes escritores que no firman nada), entre eufóricos y profundamente deprimidos.

Distintos tipos de lectores:

Las yo soy tú, tú eres yo.

Suelen ser mujeres de mi edad o más jóvenes, a veces también mayores. Se reconocen en mí y yo en ellas. Podríamos ser amigas, pensamos las dos. «Yo también me baño en el Mediterráneo», me dicen, por ejemplo.

Las desconfiadas.

También suelen ser mujeres, aunque a veces hay algún hombre. Compran el libro un poco a regañadientes, como si en el fondo les diese cierta rabia hacer un dispendio precisamente en ese, el tuyo. Te miran con cara de desconfianza mientras te lo tienden para que lo firmes. Tú intentas seducirlas con todas tus fuerzas, aunque sepas que es un intento vano. Leen la dedicatoria delante de ti y suspiran: «Pues bueno, a ver si me gusta...» Sonríes sin tenerlas todas contigo: estás convencida de que detestarán el libro. Se alejan arrastrando los pies. Temes que lo tiren en la primera papelera que encuentren.

Los jueces y las juezas.

Vienen a verte, a mirarte, no te adoran en absoluto, ni a ti ni nada de lo que has escrito, pero como a algún sitio tenían que ir, han decidido acercarse a tu mesita. Te observan con concentración, sin disimulo, frunciendo el ceño, como si no estuvieses allí. «Seguro que no les gusta mi camisa», piensas sin dejar de sonreír. De pronto, no sabes cómo sentarte, ni dónde poner las manos, ni qué decir. Es obvio que no estás pasando el examen. Él es bajito, pero al estar de pie y tú sentada parece un gigante, ella tiene el pelo envidiablemente liso y lleva vaqueros ajustados con cinturón (¿quién lleva unos vaqueros apretados con cinturón? Solo una persona loca). Los dos parecen entre decepcionados y satisfechos («¿Ves? Ya te dije que en persona no sería gran cosa, es más baja de lo que pensaba y parece muy insegura»). Por la noche, naturalmente, colgarán en Instagram la foto que te han hecho junto a la mujer del cinturón en la que pareces un sapo deprimido de ciento cincuenta años.

Los fans.

Son adorables, siempre traen algún regalito, chocolate, galletas, un libro (suyo, aunque siempre he pensado que regalar un libro que has escrito tú no es propiamente hacer un regalo, es un poco como plantificarle un beso en la boca a alguien que no te lo ha pedido, da un poco de vergüenza ajena, es un poco embarazoso y deshonesto, mucho mejor regalar un libro de otro, de Dostoievski, por ejemplo), una flor. Están el tiempo justo, suelen mostrarse tímidos y encantadores, sonríen como niños y como si te conociesen de toda la vida, a veces se emocionan y acabáis llorando los dos (es mucho más contagioso el llanto que la risa). No intentan ligar. Sant Jordi y las demás ferias del libro no se prestan a ligar, no conozco casi ningún caso de escritor o de escritora que haya ligado en Sant Jordi. Desgraciadamente, no puedo dar consejos a los lectores o las lectoras que estén enamorados de un autor. Nunca me he enamorado de ninguno, ignoro cómo se les seduce. Pero de todos modos ya se sabe que, escritor o no, hay gente que sencillamente no es seducible, igual que hay gente que no tiene ritmo. A mí nunca se me ocurriría la idea de seducir a un escritor: si tuviese menos talento que yo, no podría amarle, y si tuviese más, tampoco.

El lector que en realidad no viene a verte a ti.

Parece que camina en tu dirección, pero en realidad se dirige a la mesa de al lado. Al darte cuenta, de todos modos, le sonríes. Entonces él vacila un momento, se detiene y finalmente se acerca a ti y se planta delante de tu mesa.

–No voy a comprar tu libro porque el otro día en la radio oí una mala crítica –dice.

–Vaya –dices tú–, ya puede ser, ya. –Y, viendo que no parece tener la menor intención de moverse, añades–: Bueno, pues nada, no te preocupes, otra vez será.

Y el lector, que en realidad no venía a verte a ti, sin despedirse ni añadir una palabra más, da media vuelta y se dirige hacia el escritor que tienes al lado.

La persona a la que no ves desde hace veinte años y que ni siquiera hace veinte años conocías demasiado bien, la amiga de una amiga, la prima de un amigo con la que coincidiste durante un par de veranos en Cadaqués, una conocida.

Se acerca con paso ufano y decidido.

–¡Hombre, hola! ¿Qué tal? –exclama.

Por su tono ya presientes que vas a tener problemas.

–Bien, bien, por aquí. ¡Qué calor! ¿Eh?

–Sí, chica, sí. ¿Cómo estás? ¡Cuánto tiempo!

«Tanto tiempo que no sé quién eres», piensas sintiéndote infinitamente culpable y devanándote los sesos para recordar quién es y cómo se llama.

A continuación, tienes dos opciones:

Finges saber perfectamente quién es esa persona. Sonríes tranquila y feliz por haberte reencontrado con tu antigua ¿amiga?, hablas del pasado en los términos más vagos y generales posibles, te muestras encantada de la vida, reís y mencionáis a amigos comunes. Después de tres o cuatro minutos, te felicitas mentalmente por lo bien que lo has hecho, por lo bien que mientes (pero a fin de cuentas eres escritora, es tu trabajo), y te sientes la persona más lista y diplomática del mundo..., hasta el momento en que tu nueva amiga te tiende sonriendo un libro para que se lo dediques y te das cuenta de que sigues sin tener ni idea de cómo se llama.

—¿Me recuerdas tu apellido, por favor? —le preguntas ladinamente rezando para que de paso te diga también su nombre. Y poniéndote seria añades—: Es que me gusta dedicar los libros con nombre y apellido, ¿sabes? Es más profesional.

—Romagosa —dice.

La miras asintiendo lentamente, sin dejar de sonreír y con los ojos muy abiertos para alentarla a continuar.

«Por favor, por favor, por favor, no me hagas preguntarte el nombre», le suplicas mentalmente. Y por fin dice:

—Rosa. Rosa Romagosa.

—¡Rosa! —exclamas. ¡Claro! Por fin te acuerdas, era amiga de Sandra, tu gran amiga, y para disimular tu entusiasmo y tu alivio añades—: Rosa, Rosa, Rosa, qué tiempos aquellos, ¿eh?

La segunda opción sería reconocer de buenas a primeras que no tienes ni idea de quién es ni de cómo se llama la persona que tienes delante, pero ningún novelista haría eso. O tal vez solo los que te regalan sus libros como si te estuviesen ofreciendo el Santo Grial. Aunque los autores tacaños que no regalan ningún libro porque esperan (un poco ingenuamente tal vez, ya se sabe que un escritor estaría dispuesto a casi cualquier cosa antes de comprarse el libro de un colega vivo, sobre todo si el colega tiene más éxito y vende más libros que él, lo cual es siempre una injusticia incomprensible que clama al cielo) que uno se los compre en la librería son todavía peores.

El loco de atar.

Antes de acercarse, merodea durante un rato. Intentas que no se dé cuenta de que le estás mirando, pero, naturalmente, vuestras miradas al final se cruzan (los niños, los locos y los perros siempre me encuentran). Te habla de jardinería, de su infancia o de las nieves del Kilimanjaro. Finalmente congeniáis muy bien, incluso se compra un libro tuyo y promete leerlo. No es un loco de atar, es un loco tranquilo, como tú.

Decir que escribes por dinero es una coquetería como otra cualquiera.

25 de abril

Ahora, cuando tengo un problema, ya no solo tengo un problema, tengo un problema y además el problema de saber cómo se lo contaré al psiquiatra. El otro día, cuando se lo expliqué a un amigo que va al psiquiatra desde hace mil años, exclamó con pasión: «¡Al psiquiatra se le cuenta todo! ¡Todo!» Pero yo en mi vida le he contado todo a nadie, ni siquiera a mí misma me lo cuento todo. Y, de todos modos, no creo que me vaya a decir nada que no sepa. El otro día le conté no recuerdo qué con intensidad y las palabras acertadas (un escritor siempre sabe cuándo está dando en el clavo, incluso cuando habla, de pronto entras en un estado de claridad, coherencia y expresividad absolutas, y al cabo de dos minutos ya estás diciendo las memeces de siempre, pero durante treinta segundos o un minuto hablas como un escritor de verdad, como alguien un poco iluminado), y cuando acabé me dijo: «Esto es muy profundo.» «No lo es, es una obviedad, tío», pensé. Claro que el amor desinteresado es el único que importa, eso lo sabe todo el mundo, el amor o es gratis o es un asco.

26 de abril

Ir al psiquiatra está a medio camino entre ir al gimnasio e ir a un médico normal.

Debería hablar de amor con el psiquiatra, el problema es cómo hacerlo sin quedar como una tonta. Para mí, el amor bueno siempre acaba cayendo del lado de la novela romántica, del mismo modo que el sexo bueno siempre acaba cayendo del lado de la pornografía, no hay solución, soy una mujer normal y corriente. Mi problema con el psiquiatra es que, en realidad, no creo que uno hablando en voz alta profundice o logre hacer un descubrimiento esencial. Si hablar y pensar son lo mismo, prefiero mil veces pensar. De todos mis fracasos amorosos en este momento solo recuerdo tres, no está mal, tampoco son tantos para la edad que tengo, y solo me parecieron estrepitosos en el momento. Y entre pensar, hablar y escribir, primero prefiero pensar, luego escribir y finalmente hablar. Hablar a menudo devalúa la idea (para ser gracioso o para entretener, seducir o por mero aburrimiento uno alarga o empuja un pensamiento hasta hacerlo descarrilar), dentro de todo cuando escribimos intentamos mantener las formas.

27 de abril

No sé nada, nada, nada, nada y nada sobre el amor.

5 de mayo

Regresé a Madrid, vi el *Guernica* casi a solas y un hombre me besó en el cuello, dice que por error.

6 de mayo

Ayer por la noche, di un largo paseo por las calles de Barcelona abrazada a un hombre. Hay experiencias que resultan muy parecidas se realicen a solas o en compañía, ir al cine o comer, por ejemplo. Y hay experiencias que son mejores en soledad, como bañarse en el mar o visitar una iglesia. Pero las ciudades siempre es mejor recorrerlas abrazada a un hombre. Fuimos desde Francesc Macià hasta la Barceloneta, pasando por paseo de Gràcia, la catedral y el Barrio Gótico hasta el edificio de Correos, el puerto, la playa y finalmente el mar. De vuelta subimos por las Ramblas y seguimos por Rambla de Catalunya hasta la Diagonal. Hacía más de un año que no bajaba al centro. Las calles estaban oscuras, casi desiertas (el toque de queda se ha levantado hace apenas una semana, era un día laborable), oíamos nuestros propios pasos, todo relucía como si acabase de llover y soplaba una brisa suave y ligera. Había olvidado que Barcelona es mi ciudad, que estoy unida a ella por un vínculo absoluto, indestructible, creado no por uno sino por miles de recuerdos, horas y horas recorriendo sus calles, en épocas de felicidad absoluta, de desazón completa, de calma y luego, muy rápido, de aburrimiento y de inquietud, con ya muertos y con todavía vivos, con bebés, con ancianos, con amores, con amigas y sola, con una dirección clara y precisa y totalmente perdida, una vida entera transcurrida en un mismo lugar, bajo un mismo cielo, aquí. Me pareció que las calles me reconocían, no tanto como las de Cadaqués, claro, he visto amanecer más veces allí y en ningún lugar he sido tan joven, ese regalo, la juventud, que en mi caso duró cinco o seis largos veranos, o tal vez fuesen diez o quince, o solo uno.

Había poca gente por las calles, algunos turistas jóvenes escuchando música en la playa, vendedores ambulantes de cerveza, conductores de *rickshaws,* mendigos, náufragos y borrachos. Uno nos pidió dinero, otro nos sonrió, un hombre que caminaba como si bailase reggae, al pasar por mi lado me agradeció la manera de dirigirme a un chico que me acababa de pedir un cigarrillo, seguramente todos se conocían. Nos encontramos también con un señor que me había vendido unas rosas por el Ensanche hacía mil años y con el que había estado charlando un rato porque era muy elegante, él también se acordaba de mí, ya no nos quedaban monedas, pero de todos modos me dio una rosa amarilla. Llevaba cincuenta euros en el billetero, hubiese debido dárselos, pero me dio vergüenza, fui estúpida, mi padre se los habría dado.

Sin soltarme, el hombre que me abrazaba se detuvo un momento delante de un gran escaparate de cristal para observar nuestro reflejo, tan perfecto, proporcionado y armonioso, tan guapo él, tan atractiva yo. No creo que follemos, y si follamos lo haremos como adultos expertos y talentosos, no como leones ni como niños. Y una vez que se haya apartado de mí, su cuerpo no resonará en el mío ni un instante, cuando me acaricie la mano y luego retire la suya, no me la miraré con perplejidad como descubriéndola por primera vez, no reinventará mi cuerpo, ni yo el suyo, creo. En el amor ser perfecto para alguien no significa absolutamente nada.

10 de mayo

Los gestos de amor se devuelven aceptándolos, no intentando igualarlos.

En el amor no se contraen deudas, todo lo que se da, se da a fondo perdido. Podemos creer que estamos amasando una fortuna en el mismo instante en que nos están desvalijando.

11 de mayo

Mi hijo adolescente (trece años) me ha dicho hoy que tiene novia.

En este momento todos los hombres de mi familia son bastantes felices. Mi hijo menor y su padre están enamorados. Mi hijo mayor y el suyo salen de una época dura. Hasta Pepe, mi último ex, frágil y depresivo (aunque también terco e invencible), está bastante feliz.

12 de mayo

Los únicos consejos que valen son los que uno daría exactamente igual a sus hijos, si es que diese consejos a sus hijos.

14 de mayo

El sentimiento de superioridad un poco ridículo los días que logramos escribir algo que no nos parece una birria absoluta.

15 de mayo

Uno puede tardar un rato en darse cuenta de que está enamorado, semanas o incluso meses. Se cambia de planeta de un día para otro, pero hasta al cabo de un tiempo uno no se da cuenta de que está respirando una atmósfera nueva y de que la luna y el sol ya no están en su lugar. También la pérdida de un ser querido nos traslada a un planeta nuevo. En apariencia seguimos en el mundo, pero solo en apariencia.

17 de mayo

Acabaré sentada en el banco de una iglesia, donde solo se sientan los fieles y los amantes secretos.

Si te encuentras a una pareja paseando por un claustro o por una iglesia de su propia ciudad puedes estar seguro de que se están acostando, da igual lo estrafalaria o improbable que sea la pareja. Sin ninguna duda en el mundo.

18 de mayo

Aburrir y aburrirse es un problema de la gente frívola, la gente seria lo da por sentado.

20 de mayo

Las copas de vino iban cayendo empujadas por el viento y las servilletas rodaban por el suelo como en las películas del Oeste. Nosotros estábamos sentados en el otro lado de la terraza, guarecidos del vendaval. Aun así, los rizos de Héctor se agitaban con furia, como las serpientes de la Medusa, y me imaginaba a Ulises, cabellera al viento, enfrentándose a las sirenas. Mi sobrino Luca tiene el pelo corto, lacio, reluciente y oscuro como un indio mohicano, mientras que Valeria, su hermana, lleva la larguísima melena recogida en una trenza que le cae sobre el hombro derecho casi hasta el regazo. Yo llevaba el pelo como siempre, recogido en una coleta, y hacía poco que Noé se había cortado el suyo. De aquella comida, la primera, recordaré el viento furioso y extraño, mi entusiasmo mafioso y pueril por compartir la misma sangre con todos los comensales, la simpatía de él, la sonrisa algo socarrona, un poco Elvis Presley, de ella, la amabilidad de ambos.

21 de mayo

El tono de una relación lo dan las dos personas implicadas, una sola no puede hacer nada, es como ponerse a tocar una partitura, lo que salga depende del conjunto de la orquestra. Así que uno debe aguzar el oído y ver cómo suena la melodía y si le gusta. Empecinarse en que los demás sean como a nosotros nos gustaría es una pérdida de tiempo siempre. Abre las orejas y escucha la canción. Si es mala, es mala. A veces tenemos tantas ganas de bailar que una canción mala nos puede parecer buena, pero si-

36

gue siendo mala y lo sabemos. Y esto no es como un baile en la plaza del pueblo en el que una canción mala te puede divertir y hacer que lo pases pipa durante un rato, en el amor una canción mala te acabará dando, seguro, sin ninguna duda, tarde o temprano, un dolor de cabeza terrible.

22 de mayo

Escribir utilizando las menos palabras posibles, como Proust.

23 de mayo

La bondad, esa virtud de consolación.

La delgadez es uno de los últimos refugios de la juventud.

También en un diario cuando hablas del tiempo que hace es porque no sabes qué decir.

25 de mayo

He pasado todo el día esperando a que me escribiera un hombre que no me gusta. Una de dos, o sí me gusta o soy idiota.

27 de mayo

«Los amores patéticos» en doce volúmenes.

28 de mayo

Creo que lo mejor que escribo sobre una cuestión son siempre las dos o tres primeras líneas (y si hay suerte, la última), después el pensamiento empieza a torcerse, deja de ser una flecha, se esfuerza, se alarga, se pavonea, se traiciona, presume, miente y todo se fastidia un poco. Normalmente no tenemos (si es que las tenemos) más que una o dos ideas inteligentes sobre un tema, el resto es relleno. Por eso La Rochefoucauld y La Bruyère son unos genios.

29 de mayo

Filosofía de vida: no dar la murga.

Antes de ponerse a escribir hay que coger carrerilla.

30 de mayo

Los disgustos amorosos, siempre tan frescos, novedosos y sorprendentes como el primer día. La misma implosión, sorda y devastadora, el mismo rayo fulminante que de pronto nos traslada muertos de sed a un desierto infinito y gris como una cárcel. Entonces, un obelisco de piedra surge de las profundidades, se instala en nuestro interior, se expande hasta ocupar todo el espacio, el de las mariposas, los proyectos y la piel. Y durante un par de días caminaremos con menos soltura.

2 de junio

Charla de una hora con un hombre muy preocupado por si en mi próximo libro hablo sobre él y cuento una anécdota que considera poco favorecedora.

—¡Pero si salimos durante cinco minutos! Hasta que no he hablado contigo no tenía la menor intención de escribir sobre el tema.

La manía de creernos el centro del mundo.

3 de junio

Ir al psiquiatra. ¡Qué fastidio!

4 de junio

Escribir como si fuésemos dioses y corregir como si fuésemos esclavos.

Creo que lo que más debía de desear la Bella Durmiente al despertar después de todos aquellos años era follar. Somos animales, pero puede que además seamos árboles, la savia corre por nuestras venas, a veces es una miel espesa y lenta y a veces circula disparada y líquida como un coche en un circuito de carreras. ¿Cuánto tiempo hemos estado durmiendo? No se sabe.

5 de junio

Hombres guapos que se vuelven feos a golpe de selfie.

«El mejor escritor francés vivo» no es decir gran cosa, solo vale salir airoso de la comparación con los muertos.

Houellebecq es un genio hasta que se leen dos páginas de Céline.

La inteligencia es tan intransigente, solo los años y la buena suerte la temperan, si no envejece y se vuelve cruel, amarga y vengativa como una bruja de nariz ganchuda.

6 de junio

Ser enamoradiza debería ser el octavo pecado capital, me ha hecho perder mucho más tiempo que los otros siete juntos.

7 de junio

La peor nostalgia es la (falsa) nostalgia de lo que no fue. Las cosas que tenían que ocurrir ocurrieron todas, una detrás de otra.

Le compro a Noé una sudadera azul preciosa. Me dice: «¿Se puede devolver? Es que estas sudaderas con capucha que para ponértelas tienes que meter la cabeza..., te despeinas...»

8 de junio

La euforia silenciosa. Solo pido quedarme en este instante hasta el final de la eternidad. Nada más. Me quedaré aquí tranquila, sin molestar a nadie, no invadiré ciudades, ni crearé imperios, no diré nada. Nadie se enterará de mi infracción ni de mi presencia permanente en este rincón del tiempo. No es mucho pedir. No está ocurriendo nada especial. Es sábado. Almuerzo con Héctor, Noé está con su padre. Yo, ensalada de atún y tomate, y él, calamarcitos a la plancha. Solo se oye, espaciado, el rumor de papel arrugado de las hojas del árbol de la vecina –brotaron hace dos días y ya se están empezando a secar, siguen esplendorosamente verdes, pero ya empiezan a sonar a hoja seca–. En verano a la hora de comer nuestro barrio se adormece. Los dos miramos concentrados nuestras pantallas. Rebaño el plato con pan tostado. Y así, como una bocanada de aire, pasa este instante de perfección. Me rasco la cabeza, muevo un poco la silla, caen unas postales al suelo y vuelvo a aceptar, sin rechistar, que algún día moriré.

20 de junio

Héctor cumple catorce años y vamos a cenar con su padre y su hermano al Bacaro, un italiano muy bueno que está detrás de la Boquería, al lado de una plaza que da pena y asco por el estado de suciedad, decrepitud y decadencia generalizada. Antes de que nos traigan la comida, hablamos del paso del tiempo, de la edad y de cómo está la gente de nuestra generación. Entonces Grego me dice:

–Nosotros tenemos suerte de no haber madurado.

–¡Es verdad!

Y nos echamos a reír los dos.

Noé —a quien mi supuesta falta de madurez a veces enternece, pero casi siempre exaspera— exclama:

—Tenéis la cara más dura que un tótem de la isla de Pascua.

—¿De verdad somos ya tan mayores? —le pregunto a Grego cuando me recuerda que este año cumplirá cincuenta años.

Se echa a reír de nuevo, encantado de la vida. Hay una mujer, me digo. Grego (y casi todo el mundo) solo está de veras contento cuando hay una mujer a la vista. Cuando ya la tiene en su cama y en su bañera, las cosas suelen complicarse un poco. Aunque no lo reconozca, tiene tan poco talento para la convivencia como yo. Y ahora, encima, solo utiliza jabones ecológicos naturales. Para fregar el suelo, para lavar los platos, la ropa, y también para lavarse el pelo y las manos. Héctor me contó que van cada diez días a la tienda de una viejecita que les rellena los envases, inmediatamente me imaginé a una bruja jorobada con sus pócimas verdes burbujeantes, aunque lo más probable es que sea una joven voluntariosa y concienciada con una camiseta de mensaje feminista. ¿Cómo deben de hacer las chicas de ahora para dividir su tiempo entre los hombres y la lucha? A mí solo me interesaban los chicos y ya no tenía tiempo para nada. La obsesión por los jabones ecológicos hundiría a cualquier otro hombre, pero como él es tan guapo y tan fantástico, las chicas se lo perdonan.

Héctor dice que quiere escribir un libro. Se titulará *Las novias de papá*.

—Te voy a comprar un bloc de notas y así empiezas a tomar apuntes —le digo—, si no te olvidarás.

—Yo también quiero escribir un libro —dice entonces Noé—. El mío se llamará *Mi madre, mi lucha*.

Ambos están de sobra dotados para escribir, tal vez la tercera generación sea la buena.

–¿De verdad somos ya tan mayores? –le pregunto de nuevo a Grego.

–Digamos, Milenita, que nuestro último destello de juventud ya está detrás de nosotros –responde.

¿Y cuándo tuvo lugar ese último destello? ¿En qué momento preciso? ¿Quién lo recogió? ¿Deslumbró a alguien? ¿O nadie se dio cuenta y se perdió para siempre en medio del mar? ¿Por qué no nos avisaron? Tal vez fue un último gesto con la cabeza, un día al doblar una esquina, para retirarme de la cara un mechón de pelo que me molestaba, un parpadeo rápido una mañana de primavera al salir de casa y mirar al cielo justo antes de ponerme las gafas de sol o un beso apasionado dado en plena calle a alguien a quien acabas de conocer.

En la mesa de al lado hay una pareja joven y extraordinariamente atractiva, sobre todo ella. Lleva una camiseta negra de hombre, muy ancha y suelta, con las mangas cortadas, y cuando se inclina hacia delante por el agujero de la manga se vislumbran sus pechos, no lleva sujetador. Tiene un fino tatuaje en la muñeca y un rostro pálido y delicado, la tez muy clara, el cabello negro, los ojos azules. El chico es más vulgar, muy guapo, rubio y forzudo. Alargan los brazos para tocarse a través de la mesa, se levantan levemente de sus sillas para poder besarse y también nos miran con curiosidad. Aún no somos feos y algún día fuimos ellos. Se marcharán antes que nosotros y de camino a casa comprarán una botella de vino tinto en el colmado paki de la esquina que se beberán en la cama.

21 de junio

Deberíamos hacer un pacto universal para dejar de hacer fotos de la flor peonía y de la ciudad de Nueva York durante dos o tres años. Ambas cosas están agotadas, no toleran ni una fotografía más. Hemos llegado al fondo y al final de su belleza. Afortunadamente, el resto del mundo sigue intacto, incluso las puestas de sol y Venecia.

28 de junio

Yo pensaba que el día que el gobierno decidiese que ya era prudente ir sin mascarilla al aire libre ocurriría lo mismo que ocurrió cuando acabó la Segunda Guerra Mundial, que todos nos lanzaríamos a la calle, eufóricos por la libertad recobrada, locos por ver de nuevo los rostros de nuestros vecinos. Pensé que las mascarillas desechadas arderían en altísimas hogueras, que nos besaríamos con desconocidos y que reiríamos y bailaríamos, borrachos de aire fresco. Pues no.

29 de junio

Tenía que ir a cenar con un hombre en Madrid, al final fui a cenar con otro, antes de despedirnos me besó. El hombre con el que tenía que ir a cenar se disolvió como una estatua de sal, el hombre con el que fui a cenar me dejó en la puerta del restaurante para ir a aparcar y en el parking se cambió la camiseta que llevaba por una camisa, la coquetería más viril del mundo. De postre comimos una tarta de queso malísima y me miró el escote durante dos segundos. Le leí el pensamiento porque soy una bruja de una larga estirpe de brujas y porque todos pensamos casi siempre lo mismo. Unas personas empujan a otras fuera del escenario de nuestras vidas, sin darse cuenta, sin remedio y sin cesar. Los besos son las migas de pan que iba dejando Hansel por el camino para poder regresar a casa. ¿Llegará? No lo sé.

1 de julio

¿Cuántos amores por cabeza tocan a lo largo de una vida? ¿Cuatro, cinco? ¿Siete? ¿Dos? Esta tarde soy la persona más feliz del mundo. En comparación conmigo, el álamo de la vecina que a partir de abril agita sus hojas con frenesí al menor soplo de aire parece aburrido y tristón. No he podido hacer la siesta. Trabajo para hacer tiempo hasta que suene el móvil indicando que me ha escrito. Hemos quedado en que nos veremos dentro de tres semanas. Pero ¿no es demasiado esperar tres semanas? ¿O serán unos días magníficos, abiertos y desplegados ante mí como una larga alfombra que llegue hasta sus pies? ¿Me escribirá hoy? ¿O habrá recuperado la cordura después de la conversación de ayer? ¡Oh! ¡Qué rabia que la voluntad de todas las personas no esté en mis manos!

7 de julio

¡El verano se nos escurre entre los dedos! ¡Está a punto de acabar! ¡Corre, corre!

8 de julio

Un hombre inteligente no es nunca feo, si nos parece feo, es que no es inteligente.

La inteligencia siempre es elegante, si no es que no es inteligencia.

10 de julio

La buena educación no es más que una mayor tolerancia al aburrimiento y a las bobadas ajenas.

El objetivo debería ser intentar no hablar o hablar lo menos posible con las personas que antes de abrir la boca ya sabemos lo que nos van a decir.

12 de julio

La elegancia no tiene ni mucho mérito ni mucha importancia. Solo depende de la estructura ósea de cada uno y del buen gusto a la hora de escoger la ropa.

Para saber si alguien es de veras elegante, basta imaginárselo con diez kilos de más.

A las personas más elegantes que he conocido les importaba un pito la ropa.

Y tal vez la elegancia también sea una mezcla de bondad, de inteligencia y de generosidad. Alguien que no sea generoso (de veras generoso, los que en el cómputo final siempre salen perdiendo, los que nunca calculan nada, los que siempre dan más de lo que reciben) no puede ser elegante, le faltará siempre una cierta soltura y fluidez vital.

13 de julio

«Las uñas de los pies solo se pueden pintar de rojo», ha afirmado categórico mi hijo de catorce años, que hoy me ha acompañado a hacerme la pedicura porque estaba de vacaciones y quería ir de compras después.

Por Zoom, uno ve perfectamente, con la misma angustia y cansancio repentinos que en persona, si alguien es tonto, malvado o no se ha preparado la entrevista.

14 de julio

Con la edad, o bien te lo tomas todo más a broma, o bien te lo tomas todo más en serio. Las dos cosas requieren un esfuerzo.

15 de julio

La mayor aportación española al erotismo universal es un hombre tocando el cajón flamenco.

Tengo que decidir qué tipo de viejecita voy a ser, aunque la palabra «viejecita» ya lo define bastante.

Escribir menos y escribir más.

Los malos escritores solo necesitan una frase para demostrar que son malos, los buenos necesitan al menos ciento veinte páginas para demostrar que son buenos.

16 de julio

Me cuenta Noé que, en las colas para vacunarse, los jóvenes aprovechan para ligar, que se ha convertido en una especie de Tinder veraniego y presencial. La vida siempre prevalece.

La gente que te lanza el sexo a la cara como si fuese un escupitajo.

Almuerzo con un viejo amigo de mi madre. Acepté porque vino a una presentación y me pareció divertido, inteligente (dijo que estaba absolutamente de acuerdo con todas mis opiniones) y elegante. Debió de ser un hombre muy seductor, me habla de sus conquistas, de modelos famosas de los años setenta que conoció en sus viajes y de la mujer de su vida, mientras me mira de reojo y apreciativamente las piernas. Están los hombres sibaritas, que, más que disfrutar de la belleza, la calibran. Y después, en una categoría totalmente distinta, los hombres a los que de verdad les gustan las mujeres. A las mujeres los hombres siempre nos gustan, es nuestra maldición.

17 de julio

Me gustaría ser una escritora excelsa e indudable para que los hombres que me quieren me quisiesen todavía más. Entonces llegaría a casa después de un acto literario y me pondría a escribir una historia maravillosa, totalmente inventada, en vez de pasar horas dando vueltas a las personas que he visto, a si les gusto y a si he dicho demasiado lo que pensaba. Me sentaría en mi escritorio y escribiría un cuento genial, como Isak Dinesen.

18 de julio

Demasiado feliz para escribir.

19 de julio

La intensidad es casi siempre lo opuesto al encanto. Los que no somos genios deberíamos aspirar como mucho al encanto y, en todo caso, reservar la intensidad para la vida íntima.

Solo los genios pueden exhibir su intensidad sin resultar un poco ridículos.

La intensidad está siempre más cerca de la cursilería que de la trascendencia.

20 de julio

Me parece que la búsqueda de la belleza se ha convertido en la búsqueda de la fealdad (lo llaman realidad y verdad, pero no, es fealdad a secas), pero en el arte solo se llega a la verdad a través de la belleza, por eso estos son tiempos no solo feos sino también falsos y mentirosos.

Para ciertas cosas, soy una burguesa de manual, la sordidez, la fealdad y la pobreza me repelen.

21 de julio

Paseando con Clara por el centro de la ciudad, nos encontramos en una librería a una prestigiosa editora que acaba de salir del trabajo vestida con una camisa arrugada y unas viejas mallas negras por debajo de la rodilla de una conocida marca de ropa deportiva.

–¿Has visto cómo iba vestida? –le pregunto a mi amiga, que es la mujer más elegante de Barcelona.

Asiente.

–Lo considero muy alarmante –dice. Se da la vuelta y sigue mirando libros.

Guardar toda la arrogancia para la escritura.

Novelista y crítico literario: oxímoron.

Jorge Herralde es el último editor, se toma en serio la literatura y la literatura se lo toma en serio a él.

Mi olor favorito es el del mar agitado. Agitado, no revuelto.

Los hombres ablandan. También el cerebro.

Yo no soy nada arrogante, pero mi inteligencia, sí.

Un cursi nunca sabe que lo es.

22 de julio

Nunca dejas de querer del todo a la gente que has querido de verdad y nunca logras querer a los que no has querido nunca, por mucho que te esfuerces.

23 de julio

Ayer visité la Torre Bellesguard de Gaudí con Noé. Creo que no podría ser verdaderamente amiga de nadie que no sea consciente de la genialidad absoluta, indiscutible, apabullante y gloriosa de Gaudí. Me hace muy feliz.

Tipos de genios que existen: genios de primera categoría, genios de segunda categoría y genios vivos (que no se sabe si llegarán nunca a ser genios muertos, ni durante cuánto tiempo).

Dicen que mi escritura es muy fresca: insulto. De una famosa directora de cine, lo primero que comentan siempre es que es muy simpática: insulto. De un prestigioso escritor y columnista, afirman siempre que es, sobre todo, «muy amigo de sus amigos»: otro insulto. Ningún escritor desea ser simpático, fresco o muy amigo de sus amigos. A un escritor solo se le puede decir que es genial, todo lo demás es un insulto. Somos muy susceptibles.

Decir de alguien que es todo un personaje: insulto. Decir que mi novela está «muy bien» sin añadir nada más a continuación, o sea, muy bien y punto: insulto también.

No hay nada más pornográfico que el exhibicionismo de la bondad y de las buenas intenciones.

24 de julio

Accedo a ir a firmar libros a una especie de evento que alguien se ha sacado de la manga y que han llamado *El llibre de l'estiu*, «El libro del verano». La idea, disparatada, es impulsar una especie de Sant Jordi de verano para que la gente antes de marcharse de vacaciones compre un libro. Voy a tres librerías, la primera está prácticamente vacía, la segunda tiene el público normal de un día cualquiera, dos o tres personas, y en la tercera han montado un tenderete de libros en una de las plazas más feas de Barcelona y en medio han colocado tres desvencijados pupitres para que se sienten los autores y firmen. Llega la *consellera* y su séquito, se muestra encantada con la iniciativa (que surgió, según me cuentan, de su departamento), y todo el mundo, incluidos los libreros que han debido de vender unos seis o siete libros más que de costumbre, parece encantado y feliz.

Ya nadie se fija en que el emperador está desnudo porque lo está siempre. Por otro lado, entre el atuendo que llevaba hoy la *consellera* y la desnudez, creo que me quedo con la desnudez.

25 de julio

Saludar siempre por encima de tus posibilidades, como hacen las personas educadas y los políticos en campaña.

La timidez es una excusa válida solo hasta los seis años y medio.

26 de julio

También el libro de la seducción está abierto siempre por la mitad.

27 de julio

Qué cansado tener que replanteárselo todo, constantemente, con todo el mundo.

28 de julio

Cuando pasas un tiempo sin hacer el amor, te olvidas de lo fácil que es.

Cualquier frase que comience con «con la edad» está condenada al fracaso o a la futilidad.

Silenciar las emociones tan volubles y tramposas para intentar escribir solo con la cabeza, al menos durante un rato.

Pienso en él y me yergo.

Solo los que han tenido un éxito importante pueden entender de lo que habla Simone Biles cuando se refiere a la angustia provocada por la presión y las expectativas propias y ajenas. Los demás hablan de oídas.

La felicidad absoluta: tener la televisión encendida sin volumen en el canal de los Juegos Olímpicos durante toda la mañana. Las ventanas abiertas de par en par. Carmen trasteando por casa, canturreando e interrumpiéndome de vez en cuando. Yo sentada delante del ordenador con un ventilador a los pies. Los chicos durmiendo todavía. *«Là, tout n'est qu'ordre et beauté, / luxe, calme et volupté.»*

No escribir contra nadie. No escribir contra nadie. No escribir contra nadie. O lo que es lo mismo: no escribir a favor de uno mismo.

Héctor hablando sobre la vida y la felicidad:
—Mi felicidad depende de: mi pelo, las mujeres (y eso te incluye a ti) y de si ese día tengo clase de matemáticas o no.
—¡Ah! ¡Eso es filosofía de altos vuelos!
—Pues es la verdad. Me pongo de muy mala hostia cuando estoy solo con hombres, cuando tengo mates y cuando tengo el pelo mal.

30 de julio

No es recomendable escribir un diario ni a primera hora de la mañana, cuando uno todavía está envuelto en las tinieblas vacilantes del sueño, ni antes de acostarse, cuando el cansancio y la oscuridad hacen que uno desee escribir algo hondo y poético.

Uno escribe solo ante el peligro, no hay otra manera honesta de hacerlo, el menor atisbo de autocomplacencia es una señal de cobardía. Escribes contra ti primero y luego contra todo el mundo. Te pones a ti mismo contra las cuerdas, es el trabajo más solitario del mundo, no te tienes ni a ti, te presentas completamente despojado, es peor que el amor.

Escritores que escriben como si escribiesen a la luz de un quinqué, con una pluma de ganso y sobre un viejo pergamino.

Relevos mixtos en los Juegos Olímpicos, «una ocasión histórica», dice el locutor de la televisión. Evidentemente, en cuanto empiezan a correr, los hombres superan a todas las mujeres. Vaya imbecilidad. Esta época no tiene solución.

31 de julio

Dejo de leer al momento cualquier artículo que comience o que contenga una cita ajena. Es como sentarse al lado de una chica guapa y pensar que gracias a ella vas a ligar tú. Escribir solito, sin muletas, a cara descubierta, tuerto, cojo, a rastras, y de pronto, algunas veces, levantar el vuelo y lograr planear un rato, ver el mundo desde las alturas, con total libertad.

A mí también me haría más feliz coger *En busca del tiempo perdido* y copiarlo línea a línea en el ordenador, palabra por palabra, como si me las inyectase. Pasar meses y meses sumida en esa tarea. Lograr contener en mí el libro entero. Pero luego me tendrían que encerrar en un manicomio.

Leer a los genios tranquiliza, después de dos frases de *Otelo,* mis problemas actuales (de índole económica) parecen menos preocupantes.

Enamorarse a menudo es una cualidad.

No hay que amasar dinero, pero hay que tener suficiente para no sufrir. Reconozco a los amasadores al instante, oigo el traqueteo mental de su caja registradora en todo momento.

Hace dos días murió Roberto Calasso. Supongo que cada época tiene sus gatopardos. He conocido a unos cuantos ya. No quedan muchos.

Los lutos, como las multas de tráfico de la Colau, siempre te acaban atrapando.

1 de agosto

Ayer fui a ver la versión que ha hecho Àlex Rigola de *La gaviota* de Chéjov. Salí eufórica, conmovida y con la sensación de haber escapado por los pelos, o todavía no, pero casi, a la suerte que Chéjov depara a la mayoría de sus personajes.

La temperatura ha bajado de forma repentina hasta los veinte grados y no he necesitado ni dos minutos para decidir que no tengo zapatos adecuados para este tiempo de locos. Necesito unas deportivas bajas de color marrón. Luego pienso que quizá sería mejor comprarme unos mocasines negros de verano. Y al cabo de un rato me digo que tal vez debería volver a llevar zapatos de tacón. Entonces sale el sol y ya no necesito ningún zapato nuevo porque con las sandalias tengo suficiente. Utilizo el mismo grado de concentración extrema para comprarme unos zapatos que para escribir una frase que no dé ganas de vomitar. Es la única manera de ir bien vestida.

Escritores en los que todo todo todo todo todo todo todo todo todo todo es falso.

Dejan de fabricar el único champú que me deja el pelo bien.

Tan importante como ver a la gente que quieres es no ver a la gente que no quieres.

Héctor en sus whatsapps me llama «Milenuski del bosque salvaje» y «Milenuski del bosque y de las zarzamoras» y «Milenuski de las deudas y de las multas salvajes» y «Milenuski dueña del bosque y las zarzamoras». Y hay un hombre en el mundo que me llama «Blanquita».

Soy muy amiga de una mujer muy guapa a la que su gran belleza no parece preocupar en exceso, pero que sin embargo es incapaz de reconocer la belleza en otra mujer. A todas les pone pegas. Cuando le digo, refiriéndome a una actriz o a alguien que acabo de conocer: «Es guapísima. Me encanta», responde: «No, es bastante fea en realidad, mírale la mandíbula, mira qué hombros tan estrechos, mira qué ojos tan juntos y vacíos.» No lo hace por maldad o por envidia (es inteligente), realmente piensa (y tal vez tenga razón) que nadie tiene una barbilla como la suya. Cuesta muchísimo reconocer en los demás los dones (bueno, el don más bien, nadie tiene más de un don verdadero, lo demás te lo tienes que trabajar) que uno posee, quisiéramos que fuesen de nuestra exclusiva propiedad.

2 de agosto

Después de ver la obra de Chéjov me entraron ganas de releer *La gaviota*. Tengo la edición francesa de La Pléiade. *«Mon cœur est plein de vous»* («Mi corazón está lleno de ti») ya no suena con la voz de la actriz que lo pronunció el otro día, ahora suena con la mía. *Mon cœur est plein de vous.*

Las personas que solo conocen dos o tres frases en francés y las repiten sin cesar dan la impresión de ser casi tan analfabetas como las que hablan de la magdalena de Proust.

La prueba infalible de que alguien no ha leído a Proust: que te saque lo de la magdalena.

Dos de agosto y con vaqueros. ¿Qué va a ser de mis livianos vestidos de seda?

Los locutores españoles de los Juegos Olímpicos, llenos de entusiasmo y de voluntarismo: «La atleta española ha hecho un papel magnífico, ¡qué maravilla! Ha quedado séptima.» Y todos en casa nos morimos de risa.

Las mujeres de mi edad cuando salen a cenar se parten una ensaladita, unos mejillones y un postre. No me atrevo a decir que me gustaría tomarme un plato entero yo sola como la gente normal para no parecer gorda. Pero llego a casa muerta de hambre y a la mañana siguiente desayuno como un deportista olímpico. A ellas les debe de pasar lo mismo porque no están más delgadas que yo.

3 de agosto

Una época en la que está prohibido decir tonterías, pasarse de la raya e ir demasiado lejos pero en la que se celebra todo lo obvio, lo mediocre y lo sentimental.

4 de agosto

Los puentes de Madison, la película. Esto es lo que pasa cuando dos puritanos se enamoran.

Me gustaría que hubiese dos finales para todas las historias: uno en el que muere el protagonista y todo acaba mal y otro en el que fueron felices y comieron perdices. Ya sabemos que la gente palma y que el amor no siempre es eterno, no es necesario recalcarlo cada vez.

5 de agosto

Por las tardes, cuando el calor afloja, salgo a pasear con Héctor por el barrio. Veo cómo busca su reflejo en cada escaparate, luna de coche y superficie reflectante. Cuando le miro riendo, me dice: «Soy un narciso, pero de ciudad.»

6 de agosto

Salimos a la calle diez minutos después del anuncio de que Messi deja el Barça. A pesar de que es agosto y de que vivimos en una parte muy tranquila de la ciudad, la desolación es palpable en el ambiente. Se va Messi.

7 de agosto

Incluso la gente más generosa, desprendida y manirrota del mundo es tacaña en alguna parcela de su vida. A mí, por ejemplo, me da mucha rabia (una rabia irracional) gastarme dinero en libros que luego no me gustan, y más todavía si son gordos y caros. Acepto el error vestimentario, sé que un 30 % de la ropa que me compro no me la pondré y la acabaré regalando, pero con los libros no logro ser tan magnánima. *Diarios amorosos* de Anaïs Nin. Tiene varias cosas que me parecen un poco irritantes:

1. Que el autor (si no es Proust, y nunca nunca nunca es Proust) te cuente su vida en detalle («Me levanté esta mañana», todo el mundo se levanta, ya supone-

mos que si no estás enfermo te has levantado en algún momento).

2. Un análisis psicológico pormenorizado (incluidos los sueños), excusable tal vez por la época en que fue escrito el libro.

3. El despliegue exhibicionista de la inteligencia que Dios te ha dado (de un escritor quiero pensar que es un artista, no una persona inteligente).

Aunque no debería decir nada, solo he podido leer diez páginas antes de ponerme de mal humor, y no se puede leer de mal humor, es imposible. He buscado en vano lo que tanto me gustó (el sexo, la imaginación, la velocidad, la ligereza) en los cuentos de *Delta de Venus*. Pero nada, solo psicología femenina y pesadez. Pobre Henry Miller. Aunque es posible que también él fuese un plomo. Ser pesada es uno de los pocos lujos que nunca me he podido permitir, aunque no lo parezca recibí una educación muy estricta. Que yo recuerde, entre todas las cosas horribles que, con razón y sin ella, me han dicho mis novios nunca ha estado la frase «eres una pesada».

En un escritor la modestia es siempre siempre siempre siempre falsa modestia.

8 de agosto

La traición en la amistad, que nunca consiste en un solo hecho aislado, sino en un abandono general, en dejar al otro en alta mar en medio de una tormenta terrible durante largo tiempo, me resulta imperdonable. Lo he intentado, creo que no soy rencorosa, pero no deseo ver ni tratar a esos amigos. La herida es demasiado profunda y la explicación posible solo una: que no me querían o que no me querían lo suficiente.

He soñado que en Cadaqués aparecía una manada de caballos blancos alados, al pasar por mi lado uno se detenía y acercaba su hocico a mi mano, pero al detectar mi miedo me miraba amenazador y pasaba de largo.

Hay mañanas, poquísimas, que me despierto con un deseo enorme de escribir, mis dedos vuelan sobre el teclado como si fuese una gran pianista. Entonces me digo que tal vez dedicarme a esto no sea un error absoluto sino la respuesta a algo profundo y verdadero.

Intentar ahorrar significa comprar casi lo mismo que compraría si tuviese dinero, pero con mala conciencia y tardando el triple en decidirme, pero algo menos sí gasto.

Una periodista muy feminista y partidaria de la sororidad que define mis ideas (o sea, mi manera razonada y trabajada de ver el mundo y la vida) como ocurrencias; si lo hiciese un hombre, pobre, se le caería el pelo.

Enamorarse es irse a vivir a los extremos.

«Si en alguna ocasión necesitas mi vida, ven y tómala», le dice Nina a Trigorin en *La gaviota*. Sí, entiendo lo que quiere decir, nunca en mi vida he entendido mejor una frase, la he sentido varias veces.

Puede ser que tenga un tumor cerebral o puede ser que tenga cáncer de piel. Estas son las dos opciones de hoy.

9 de agosto

Llevamos más de 24 horas sin escribirnos y el mundo podría acabarse en cualquier momento, incendios, terremotos, animales salvajes huyendo despavoridos, volcanes en erupción, meteoritos estrellándose contra la Tierra. A mi alrededor nadie parece darse cuenta de lo que está ocurriendo, desayunan sandía y croissants, cogen la toalla y se van a navegar. ¿Cuándo me escribirá?

10 de agosto

He atropellado a una paloma. Lo he hecho sin querer, pensaba que saldría volando como siempre hacen. Iba conduciendo bastante rápido porque estaba en una calle (Ganduxer) que cuando tienes suerte puedes recorrer de punta a punta con todos los semáforos en verde, un juego al que ya jugaba con mi madre. La paloma estaba justo en medio de la calzada con otra paloma (me parece que con el virus se han acostumbrado a que haya menos personas por el mundo y se han vuelto más tranquilas y confiadas). No sé si ha muerto. Supongo que sí. He oído el golpe seco en la parte delantera del coche. Después me ha parecido que los conductores de los otros coches me miraban con rabia pensando que soy una asesina y una irresponsable. Tienen razón. Hubiese debido frenar. Pero siempre salen volando las palomas, o salían. Creo que sería una pésima cazadora. El ruido del coche al golpearla (como un disparo, seco, sordo, definitivo) me ha asustado y me ha dejado petrificada durante horas, ha silenciado todo lo demás. No quiero matar nunca a ningún otro animal.

Todas las cosas relacionadas con la muerte no son

nunca como imaginamos. Tal vez no deberíamos preocuparnos tanto.

11 de agosto

Sabrás que estoy enamorada porque llevaré la camisa un poco más desabrochada que de costumbre, uno o dos botones.

12 de agosto

Ojalá volviese a haber intelectuales, hombres leídos y cultos dedicados a la reflexión y al estudio, un poco como los médicos de antes, viejos sabios. Ya casi no queda gente intelectualmente reconfortante.

13 de agosto

Me cuesta escribir, estoy demasiado enamorada. Cada mañana al despertarme me acuerdo de que soy feliz. Había olvidado que en la vida también hay temporadas felices.

Estoy leyendo *Otelo:* ya sé lo que pasa, conozco el argumento a la perfección, pero igualmente quiero saber lo que pasa. Estoy enganchada a la obra como si no conociese el final, no puedo dejar de leer. Qué locura. Bueno, con el *Guernica* pasa lo mismo.

14 de agosto

La mayoría de las veces, las personas que dicen que escriben porque no saben hacer otra cosa tampoco saben escribir.

16 de agosto

Kabul. Afganistán. Las imágenes del aeropuerto con cientos de personas agolpadas intentando salir del país. Asco, furia, impotencia y pena. Realmente somos unos inútiles. Desde ayer no hago otra cosa que seguir las noticias. Sigo sin soportar que ganen los malos y pierdan los buenos.

Y hace dos días que no hablo con J. Que me aspen si soy yo la que escribe primero.

Los guapos también resultan más guapos que los normales cuando están muertos. La muerte nos iguala a todos, sí, pero solo hasta cierto punto. Una fotografía de Afganistán en la que un hombre lleva en brazos a otro que parece muerto o lo está. Me recuerda a la *Pietà* de Miguel Ángel, Jesucristo largo, delgado y fibroso sobre el regazo de su madre, los dos jóvenes, hermosos, trascendentes. No hay muchas imágenes de hombres adultos en la falda de una mujer. Y, sin embargo, si el tamaño no fuese un problema, el regazo de una mujer es casi siempre el lugar perfecto, por eso hijos y novios, cuando están enfermos o muy cansados, apoyan su cabeza sobre nuestra falda, les acariciamos el pelo, la frente, los párpados, deseando que se duerman tranquilos. Si el Che Guevara no hubiese sido tan guapo, incluso muerto, otro gallo que el de la posteridad le habría cantado.

19 de agosto

Desde que nos conocemos, nos hemos aportado luz, me ha dicho hoy J.

20 de agosto

Días de despiste absoluto. Paso de los amores de Gala, estoy leyendo una biografía suya, al mío. Solo una cosa es segura: lo único intolerable en el amor es que no te lo den todo, lo demás es negociable.

«En general, todo es bastante lamentable entre los adultos», le digo a Héctor al salir de casa para nuestro paseo de la tarde hablando de unos amigos un poco trepas e interesados que tenemos. «Pero eso no significa que haya que cortarle la cabeza a todo el mundo», añado. No está en absoluto de acuerdo.

21 de agosto

«Tengo al hombre perfecto para ti.» Cada vez que me han dicho esa frase, a continuación me han presentado a un hombre desastroso. Y no es que el hombre perfecto no exista. Mi abuelo era el hombre perfecto y mi padre era el hombre perfecto. Y Enric y Grego. J. es el hombre perfecto. Y Héctor y Noé son los hombres perfectos. Y Otelo, un pastor del Pirineo que tuve de niña, también era el hombre perfecto.

Tal vez Gala en su unión tan absoluta con Dalí, y antes con Paul Éluard, logró sortear la sensación de soledad a la que los demás regresamos cada vez que un amor se acaba (y cada amor se acaba muchas veces, con lo cual, aunque solo hayas tenido una relación en toda tu vida, has sufrido varias rupturas. Lo mismo sucede con los muertos, se mueren una vez y otra y otra). No lo logró Virginia Woolf con Leonard o no se habría suicidado.

O estás enamorado y eres correspondido o estás solo, no hay más categorías.

Sabré navegar por el mundo cuando el cuerpo ya no me sirva para nada.

22 de agosto

En mis épocas de inquietud y nervios cambio de perfume cada dos días. Compro uno, me encanta, a los pocos días quiero otro, lo compro también, me llega acompañado de unas muestras, decido que en realidad el verdaderamente bueno es el de la muestra, le regalo el que acabo de comprar a una amiga. Esa noche para dormir se me ocurre ponerme uno antiguo, el que uso cuando no hace tanto calor. A la mañana siguiente vuelvo al que me encantó hace dos días y me parece de veras perfecto y maravilloso. Una hora más tarde al olerme la muñeca me digo que realmente necesito un perfume nuevo, más profundo, más chispeante, otro.

¡Qué poco se sabe de Gala! En realidad, casi nada. Paul Éluard no habría debido destruir nunca sus cartas, como tampoco Kafka las de Milena. ¿De qué van estos tíos?

Voy con Héctor en el coche. En el semáforo, cruza una familia muy convencional de cuatro personas, la madre, el padre y dos hijos preadolescentes.

—La verdad es que me alegro mucho de no estar casada —le digo a Héctor—. No estoy hecha para eso.

«Eso» no sé realmente lo que es: ¿la rutina, la vejez, el aburrimiento compartido, el final del sexo, las negociaciones interminables, las renuncias?

—Entre esto y la soledad, prefiero la soledad —añado sombríamente.

—Pero si tú no estás sola, mamá —exclama Héctor—, tienes más novios que Julio Iglesias.

Ya. Pero J. no me ha escrito.

23 de agosto

¡Qué triste el final de Gala y también el de Dalí! Me han recordado un poco al de mi madre. Tal vez no deberíamos tener en cuenta los últimos dos o tres años de la vida de las personas, cuando todo se desintegra. Estaría bien recordarlos en la cúspide de la felicidad y de la plenitud, inmortales. Y, sin embargo, incluso en medio de la muerte y de la decadencia absoluta, sigue habiendo actos grandiosos y definitivos. Después de la muerte de Gala, Dalí no regresará nunca a Port Lligat. La última vez que sale de allí, unas horas después de la muerte de ella, es para ir a su funeral. Dice adiós a su casa, al lugar en el mundo donde ha sido más feliz, como María Antonieta, ambos conscientes de que es para siempre.

No sé mucho de la historia de amor entre Gala y Dalí, tendría que preguntarle al tío Oscar. No sé ni siquiera si se acostaban, ni si al principio fue una gran pasión, ni si a

Dalí le interesaba mucho el sexo. Se sabe que Gala abandonó a su hija, muy pequeña, por Dalí. Se enamoró profunda y misteriosamente de dos genios, abandonó a su hija y no dio nunca ninguna explicación. ¿A quién se le ocurre hacer eso? Me habría gustado mucho más conocerla a ella que a Dalí. Además, dicen que era bastante antipática, lo cual es casi siempre una buena señal.

24 de agosto

Cuando me despierto de mal humor y todo me parece horrible, no tengo ganas de escribir, y cuando estoy feliz y contenta, tampoco. Y, sin embargo, al final no pasa ni un solo día sin que abra el ordenador para intentar decir algo.

Los dos mayores peligros de la escritura: las obviedades y las cursiladas. Es necesario ir esquivando unas y otras, aunque al final, después de un día entero de trabajo, solo tengas una frase buena de cinco palabras.

Hay que ser tan implacable con lo que uno escribe como con los hombres. No como con los hijos, con el perrito del vecino o con la tarjeta de crédito (que los del banco me acaban de cancelar).

El gran Houellebecq es el único personaje público del mundo que todavía puede decir lo que le dé la gana por muy provocador, reaccionario o sexista que sea sin que le cancelen, le insulten o intenten acabar con su carrera. Pero durante años, hasta que se convirtió en una especie de oráculo, le bombardearon constantemente. Como dice mi adorada Pola, ¿cuántas veces hay que morir para que te dejen vivir en paz?

Un día, un hombre muy pequeñito consiguió meterme sin querer (no lo hacía a propósito, era un buen hombre, pero todo en su mundo era muy pequeñito) en una caja de cerillas. La cerró con la mejor de las intenciones y se la metió en el bolsillo. Allí estuve unos cuantos meses. No sufría, pero nunca había sido tan desgraciada. Él, acariciándome distraídamente la mano y sonriendo con humildad, trataba de convencerme de que los dos éramos bastante aburridos y de que la vida era así. Yo quería gritarle que el único aburrido era él y tirarle algo a la cabeza, pero en vez de eso, como estoy tan exquisitamente educada, solo sonreía y no decía nada. La separación fue como una boda. Gracias a él descubrí que de amor no se puede morir pero de aburrimiento sí.

25 de agosto

Los gestos de afecto entre hombres heterosexuales siempre me han gustado, pienso mientras miro una fotografía de Mick Jagger en medio de un concierto abrazando por detrás a Charlie Watts, que está sentado a la batería. Watts apoya la mejilla en la mano que Mick le ha puesto sobre el hombro mientras le acaricia la otra, ambos sonríen, Watts con ternura, Jagger con cara de estar a punto de comerse el mundo. Se quieren, es obvio. Pues hay hombres que no saben ni besar ni abrazar a otros hombres. Que no les gustemos nosotras (aunque afirmen adorarnos de rodillas), todavía, ¡pero que tampoco se gusten entre ellos!

70

27 de agosto

«Te hace falta llevar una rutina más de escritora y menos de mujer que escribe», me dice Héctor cuando me lamento del desastroso estado de nuestras finanzas.

El difícil equilibrio entre escribir para fastidiar y escribir para que te adoren.

29 de agosto

No sé si echo de menos a mi madre: desde que murió ella y empecé a ir al psiquiatra, mi amor por ella ha ido disminuyendo. Me encantaría tener una madre muerta que fuese una santa, como casi todas las madres muertas, pero no, no fue una madre viva convencional y tampoco será una madre muerta al uso. Por suerte, no volveré a amar a nadie tan dolorosamente.

30 de agosto

Una novela muy simpática: otro insulto. Un cuadro muy simpático, una interpretación muy simpática, una vida muy simpática, un edificio muy simpático, una relación muy simpática. Si al menos hubiese dicho alegre.

1 de septiembre

Vaya asco de día.

2 de septiembre

La persona que escribe y la persona que vive tienen poco que ver entre sí. En la vida cotidiana tengo la sensación de no controlar casi nada, de ir dando tumbos, de sobresalto en sobresalto y de sorpresa en sorpresa. En cambio, cuando abro el ordenador para ponerme a escribir, mis capacidades se concentran en un punto, mi alma se posa y deja de revolotear, tengo un arma en las manos, una escopeta o algo así, sé cómo usarla, cuánto pesa, cuánto se puede desviar del objetivo si sopla el viento o de pronto me tiembla el pulso, estoy tranquila y excitada, apunto, disparo. No siempre doy en la diana, pero al menos sé en qué dirección está.

Después de un gran éxito, lo más difícil es conseguir que la escritura vuelva a ser un refugio, al menos a ratos, un sitio en el que estar tranquilamente, sin inquietud, observando qué pasa, como sentada en un banco viendo pasar a la gente.

Ayer era desgraciadísima y hoy soy muy feliz.

3 de septiembre

No escribir contra nadie ni a favor de nadie, o solo un poquito contra uno mismo.

Si me siento a trabajar, normalmente trabajo, pero primero me tengo que sentar, abrir el ordenador, abrir el documento. Eso me puede tomar unas cuatro o cinco horas.

La pobreza temporal cuando estás sola con dos hijos, vaya engorro.

4 de septiembre

No hay nada más aterrador que una reunión de escritores, más que una reunión de monjas, de mafiosos o de asesinos en serie.

5 de septiembre

No me gustan las flores secas. De las flores me gusta, entre otras cosas, que su belleza sea tan frágil y perecedera. Las compro, las tengo unos días en un jarrón haciéndome feliz y adiós. Las flores secas crujen, parecen sucias y polvorientas, son como cadáveres para gente tacaña que no quiere comprar flores frescas cada semana. O igual tienen un tipo de belleza oculta que yo no sé apreciar, puede ser. Dentro de todo prefiero los animales disecados (en ellos es posible atisbar vestigios de salvajismo y de vida) o incluso las flores artificiales que al menos intentan reproducir un momento de plenitud. De todos modos, no creo que nunca me opere o me ponga bótox y esas cosas. Soy muy presumida, pero también muy orgullosa, y para reconocer ante el mundo y ante ti mismo que no estás de acuerdo con el espejo de tu alma (o sea, con tu alma) hace falta valor. Yo adoooooooro a mi alma, estoy loca por ella.

Empiezo los libros que creo que me van a gustar como un soldado se lanza a una contienda: con decisión, concentración, valentía y esperanza, no tumbada en el sofá, sino sentada en mi escritorio, que a fin de cuentas es mi campo de batalla. Luego, si las cosas van bien y la guerra se convierte en idilio, paso al sofá.

Una amiga me cuenta que su hijo de veintidós años va a casarse con una chica de la misma edad con la que sale desde hace apenas un año. Ambas familias son ricas, los jóvenes están enamorados, la boda será en Menorca y luego vivirán en Londres, donde el padre de ella tiene la filial de una de sus empresas y le ha ofrecido un trabajo.

—Bueno —digo filosóficamente—, ya se divorciarán, son muy jóvenes. No te preocupes.

6 de septiembre

—Estoy arruinada —exclamo al ver el estado de mi cuenta bancaria. E inmediatamente me siento menos pobre.

Solo los ricos dicen que están arruinados.

8 de septiembre

Solo uno sabe el libro que quiere escribir. Bueno, puede que al principio no lo sepa del todo, pero una vez que lo sabe, no hay vuelta atrás, es una convicción íntima e inapelable, como el amor por los hijos. O eso nos decimos para seguir escribiendo.

Ayer por la mañana fui a recoger a Héctor a casa de su padre. Después de un par de días sin vernos esperaba que me contase un montón de cosas como hace siempre, que la conversación fuese diversa y animada, que saltásemos de un tema a otro como nos gusta hacer. En vez de eso, se puso a responder a mis entusiasmadas preguntas y comentarios de madre que hace dos días que no ve a su retoño con monosílabos o ignorándolos directamente. Al cabo de diez minutos, al ver que yo no cesaba en mi empeño, se volvió hacia mí y me dijo, mirándome muy serio: «Mamá, *les mots justes.*» Está leyendo a Renard. Claro.

La elegancia máxima de mi psiquiatra, que, cuando ve que estoy pasando por un bache, me dice con delicadeza: «¿Te parece bien venir la semana que viene?»

9 de septiembre

A veces, cuando soy tan profundamente feliz que incluso estoy dispuesta a aceptar que un día moriré, de pronto pienso en mis muertos. Mi felicidad presente siempre les incluye. Y cuando hago una buena fotografía a uno de mis hijos, desearía tener alguien más a quien poder mandársela.

La euforia y la felicidad absolutas están a un milímetro del ataque de pánico.

10 de septiembre

A veces, en los actos sociales o en las cenas de compromiso, salgo de mí y me dejo sola. Lo que queda es una cáscara vacía, un vestido colgado en una percha, agitado

75

por el viento, sonriente. Me olvido de todo lo que soy, de todo lo que hago, de lo que deseo, de mi familia, y salgo al mundo así, deshabitada, como una marioneta, como una casa encantada. Luego, afortunadamente, regreso a mí. Me cubro de besos. ¡Oh! Me he echado tanto de menos.

¿Cómo lo hacen las personas que siempre parecen tenerlo todo controlado, que nunca se sienten perdidas, que siempre tienen todos sus instrumentos y sus armas en la mano?

¡Toda esa energía malgastada en el amor! Podría iluminar una ciudad entera durante meses y meses.

13 de septiembre

Paseando junto al estanque del Retiro escucho feliz y despreocupadamente los retazos de conversación de la gente que pasa por mi lado, cada uno con su vida, tan exactas a la mía. Ayer la ciudad entera se lanzó a la calle y la multitud cansada o feliz, tan muerta de miedo y de esperanza como yo, que el virus había disuelto se volvió a congregar alrededor del estanque y, al atardecer, en hordas coloridas y excitadas que recorrían la Gran Vía. «Hacía mucho tiempo que no se veía tanta gente, tanto movimiento y tanta actividad en un fin de semana», me dijo el taxista. Yo no sabía que una multitud podía ser tan bonita, transmitir una euforia y una alegría de vivir tan candorosas e histéricas. Por momentos parecían la muchedumbre de Nueva York, ese gentío frenético, entusiasmado y abierto. ¿Cómo vamos a estar solos? No lo estamos.

Cada vez que vengo a Madrid me doy cuenta de que la vida puede ser realmente un asunto intenso, feliz y comunitario. Debería vivir aquí, al son de esta música.

15 de septiembre

Escribir como si estuviese sentada en la plaza del pueblo y el mundo entero se desplegase ante mí.

Sentir que todo está en jaque y que todo es posible, a cualquier precio (la soledad, la ruina económica, lo que sea con tal de que el mundo siga abierto de par en par).

16 de septiembre

Eliminar cualquier frase que no sea verdad. No sobreescribir, no sobreexplicar, no enrollarse inútilmente. Pasar las horas que haga falta delante del ordenador para intentar decir algo que sea algo y que no sea mentira. Un escritor tiene la obligación moral de acertar más a menudo que un meteorólogo.

Mis hijos llaman a mis montones de libros (ellos tienen los suyos pulcramente ordenados en sus respectivas habitaciones) la montaña.
«Ese libro se perdió en la montaña, ¿verdad, mamá?», me dicen cuando oyen que se me llevan todos los demonios por tener que comprar por tercera vez un libro que ya tenía.

17 de septiembre

El mundo se divide entre los hombres que quieren salir en mis libros y los que no.

Escribir es ir oscilando entre creerte que eres una maravilla y pensar que eres un desastre.

De pésimo humor porque J., no me escribió ayer. Entonces me llegan buenas noticias sobre un asunto económico y me animo bastante. Es bueno tener una de las dos cosas (dinero o amor) controladas. ¿A qué deben dedicar todas las horas del día las personas que tienen seguridad económica y seguridad sentimental?
Estoy esperando un mensaje de J., que al final me ha escrito, y otro de un curso de cocina al que me quiero apuntar. Pero nadie me contesta. Mi odio por la humanidad es profundo y absoluto. He silenciado el móvil para no sobresaltarme cuando suene y para fingir ante mí misma que no estoy esperando ningún mensaje, y lo he puesto sobre un taburete, a cierta distancia, porque tenerlo en mi campo de visión me pone nerviosa y porque solo la gente desesperada como yo necesita tener el móvil al alcance de la mano.

18 de septiembre

La elegancia es una combinación de buenos modales y de generosidad verdadera.

De pronto siento deseos de contar, no de decir (hay escritores que dicen, escritores que cuentan y escritores que explican, los que explican son los más pesados, como en la vida, porque primero explicas y a continuación ya estás diciéndole a la gente lo que debe hacer o pensar y eso es siempre muy molesto). Lo que sea, una chica recorriendo una calle, cómo camina, cómo va vestida, qué lleva en las manos, con quién se cruza, qué siente, qué mira, adónde va, para quién se ha vestido. La chica mira cada día el mismo edificio al pasar por delante, una embajada del norte de África, en la puerta hay siempre una o dos personas esperando, nunca ha visto a nadie que haya logrado entrar, como en la historia de Kafka. Mirar siempre es mirarse, qué cansado me parece hoy intentar escribir desde más lejos. Ya se me pasará.

Follamos tan bien porque los dos estamos igual de locos. El grado y el tipo de locura de cada uno a la hora de follar es esencial para entenderse, para lo demás no importa tanto.

Caminar, caminar y caminar hasta que se me pase el mal humor.

Qué cansado y agotador es bajarse de las nubes, mucho más que subirse.

20 de septiembre

Voy a estar convaleciente durante todo el día, o al menos durante toda la mañana. Voy a dejar a todos los títeres con cabeza, no reaccionaré, no me moveré, seré como una pequeña inválida, no pondré nada en marcha, mi impacto será cero, solo beberé té e intentaré estar lo menos fea posible. Leeré a Chéjov. No pasaré el día en pijama, eso sería llevar las cosas demasiado lejos y no tengo ningún pijama, ese atuendo desmoralizador que no favorece a ninguna mujer y que confirma tristemente que las noches son para dormir y no para hacer magia potagia.

Me gustaría tener un libro de arte maravilloso, la obra completa de Botticelli, por ejemplo, y pasar lo que queda de la mañana estudiándolo con detalle, el pétalo de una flor, el lazo de un vestido, el lóbulo de una oreja.

Cuando estoy un poco triste, me pongo a preparar mentalmente el discurso de despedida que le daré a mis hijos en mi lecho de muerte. Será buenísimo.

21 de septiembre

Qué grande, inmenso, genial y absoluto es Chéjov. ¿Sabía, como Proust, que sería leído hasta el final de los tiempos? Me hubiese gustado decirle: «Esto que estás haciendo resonará para siempre, no se extinguirá, habrá contribuido a hacer del mundo un lugar más extraordinario y maravilloso todavía, tu obra lo sobrevolará, la gente buscará y encontrará el consuelo y la salvación en ella.»

¡Oh, qué enfadada y herida como un animal estoy! Mi madre siempre me decía: «Tú eres capaz de hacerles cosas terribles y despiadadas a los hombres, pero siempre con elegancia y estilo.» Pues ya verá.

Odio al mundo entero y solo se me ocurren maldades. Externamente no se nota demasiado, he dicho que tengo la gripe, pero me duele el corazón. Hoy solo escribiré cosas horribles.

«Sal de tu zona de confort» (que es una de las frases más estúpidas de la actualidad junto a «vive con conciencia», que también me saca de quicio cada vez que la escucho. En general todas las frases que tienen menos de doscientos años me ponen de los nervios). Así que me he apuntado a un curso de cocina para aprender a hacer tortilla de patatas y *roast beef.*

Prefiero a los hombres que solo saben cocinar lo básico. Hasta que me enamore de un hombre afanoso en la cocina no me gustarán los hombres afanosos en la cocina. Todo gira siempre en torno a lo mismo. Pero como en realidad cocinar es aburridísimo y ellos lo saben perfectamente, hay pocos hombres que cocinen (desde luego ningún millonario que se pueda permitir un chef cocina) y normalmente solo lo hacen por necesidad o para hacer el número y que nos enamoremos más de ellos. Porque todo gira siempre en torno a lo mismo. Y si no gira en torno a eso, entonces es que gira en torno al poder. Y si no, en torno a la resignación.

Una escritora mujer que no sea de izquierdas ni de derechas y que no esté comprometida con las nobles causas de la actualidad lo tiene más difícil, ellas (consciente y activamente) no la apoyarán y ellos (inconscientemente y por falta de costumbre) tampoco.

No estoy comprometida con la actualidad, estoy comprometida con la vida. Es un compromiso muy serio, nos vamos a casar.

Ya no quiero matar a nadie, igual el día todavía tiene salvación, menos mal que soy tan frívola, si solo fuese hipersensible, la vida sería un infierno absoluto.

22 de septiembre

Que Chéjov muriese a los cuarenta y cuatro años es absolutamente inaceptable.

Caen cuatro gotas en Barcelona y los semáforos dejan de funcionar, las aceras se inundan y los barceloneses cancelamos todos los planes, almuerzos, cenas y cualquier otra actividad social que tenga lugar fuera de casa. «Es que hace un tiempo de perros», decimos mirando dubitativamente hacia el cielo. «Claro, claro, querida, ya quedaremos otro día.» Somos unos provincianos adorables.

Me citan a cenar unos amigos a las ocho de la tarde. Yo quería ir al restaurante, pero ellos preferían cenar en casa. Pero ¿quién cena a las ocho de la tarde? Solo se cena a las ocho de la tarde en las residencias de ancianos (cené una vez en una, son el infierno en la tierra, me quedó claro una vez más que puedo fingir los gestos, las expresiones y hasta los sentimientos de la bondad, pero que en el fondo soy un monstruo. Pero al menos lo sé). ¿Cómo vas a tener una conversación brillante a las ocho de la tarde? Contesto al momento a mis amigos diciendo que cenar a las ocho es demasiado deprimente y que de ningún modo podré ir a esa hora. En vez de mandarme a la porra (que sería lo correcto en este caso), me contestan que podemos quedar a las ocho y media o a las nueve, si me parece mejor. Entonces me siento horriblemente culpable por ser tan cretina y les digo «de ninguna manera, a las ocho es perfecto».

Ahora no solo tendré que encargarme de comprar el postre (que como soy una cretina, solo se puede comprar en una pastelería en particular de Barcelona), sino que encima tendré que comprar un ramo de flores espectacular (también en una floristería específica) para hacerme perdonar.

Me habría salido mucho más barato (también mentalmente) ir a un restaurante, allí, al menos, si uno se aburre un poco, siempre se puede entretener mirando a la gente o coqueteando con el camarero.

Cuando leo una declaración de alguien que no conozco y no estoy en absoluto de acuerdo, busco su foto en internet. Normalmente todo concuerda. Los ojitos juntos y asustadizos, la cara de hámster y la camisa (entallada, no «demasiado entallada», simplemente entallada, un milímetro de entalladez ya hunde a cualquier hombre en la miseria) de impostor.

Recuperarse de un disgusto amoroso leve son tres días, menos que una gripe. No sé por qué nos protegemos tanto.

24 de septiembre

El miedo de escribir blablablá, para llenar páginas, para acabar antes, para escucharse, para darse besitos con las palabras. Reconozco muy deprisa a los que se masturban con sus propias palabras, a los que dicen amar las palabras, más aún, ciertas palabras en particular. «¿Cuáles son tus palabras favoritas?», preguntan a veces a los escritores. ¿Mis palabras favoritas? Yo odio las palabras, todas las palabras, sin excepción, las detesto con toda mi alma, me repugnan, me complican la vida, me frenan, me tumban, me deprimen, me hunden, me ponen contra la espada y la pared cada día, ellas siempre vencen y yo siempre pierdo, siempre, día tras día tras día. ¿Mis palabras favoritas? Vaya asco. Volviendo a los escritores que se masturban con sus frases: me los imagino escribiendo mientras de la comisura de sus labios desciende un hilito de baba que va encharcando el teclado. Otro asco. Y más tarde, con manos temblorosas, leyendo en voz alta fragmentos de su obra a la novia de ojos grandes y sorprendidos (que secreta o no tan secretamente también desea escribir) o al marido barbudo, resignado y con el ceño fruncido que cocina cada día como un esclavo voluntario. No he sentido nunca ninguna emoción especial al recibir los primeros ejemplares de mis libros, cierta alegría y perplejidad, un poco de cansancio. La inmortalidad no está más cerca.

Volcar toda tu porquería (incluso reciclada) sobre la página en blanco es de mala educación.

El nuevo mundo: antes los bobos reían, hacían payasadas y decían burradas, ahora tienen el poder, mandan y miran al mundo con seriedad, intensidad y suficiencia. Pero sigue siendo bastante fácil reconocerlos.

Somos seres de grandes entusiasmos y de pequeñas decepciones, es una de las cosas que nos hacen tan extraordinarios.

Según Chéjov solo hay dos opciones: la soledad (que es atroz) o aburrirse mortalmente al lado de alguien que solo unos meses o años antes te parecía el ser humano más fascinante del planeta (también atroz, según mi opinión).

Me duele el corazón, bastante.

Tengo una pulsera antigua de mi madre, a veces me la pongo como si fuese una armadura.

25 de septiembre

Solo se escribe en serio, del mismo modo que solo se folla en serio.

Algunas de las personas que desean conocer al autor de un libro que les ha gustado lo que en realidad desean es que el autor las conozca a ellas. «Yo he pasado unas cuantas horas leyéndote, pues ahora me vas a escuchar tú a mí. Y ni se te ocurra interrumpirme para contarme tu vida o dar una opinión.»

Un libro es genial cuando al cerrarlo piensas: «Este tío lo ha entendido todo. No hay más.»

26 de septiembre

Sigo rabiosa, es domingo y no debería escribir nada. Estoy demasiado desolada.

Somos permeables a toda la literatura buena, aunque no nos guste. Acabo de leer un buen libro que no me ha gustado y lo siento en mi interior mientras escribo, rondándome, intentando salir, menos mal que dentro de unas horas o de un par de días se habrá disuelto. Los libros malos, en cambio, por muy buenos que sean, no dejan ninguna huella.

Dentro de todo, sufrir por amor es un poco mejor que sufrir por asuntos de dinero o de salud.

27 de septiembre

Las intimidades más terribles que uno puede contar son siempre sobre uno mismo, no sé por qué los demás se preocupan tanto. En general un escritor tiene más de suicida que de asesino.

Héctor y su padre regresaron ayer de Nápoles. Les insistí tanto para que fuesen a Pompeya, yo había ido con Manue a los veintidós años, justo después de acabar la carrera de arqueología, casi no había turistas, recuerdo los gatos como dueños reencarnados de la pequeña ciudad y a un viejo guarda con un manojo de llaves oxidadas al que convencí para que nos abriese el lupanar y poder ver los extraordinarios frescos eróticos que todavía no se exponían al público que no les gustó. Siempre es mejor llegar solo a las pasiones.

Los últimos días han sido un infierno. Lucía dice que cuando hable con él me tranquilizaré. Es posible. La mera posibilidad de salir de este laberinto oscuro hace que me sienta un poco mejor. Cuando nuestras amigas, o nuestro psiquiatra, o ambos interceden por el hombre con el que estamos (no puedo llamarlo ni novio, ni amante, ni amigo, ni amor, ni «mi» nada. Es el hombre con el que estoy y no estoy con nadie más en el mundo), sentimos una mezcla de alivio y de agradecimiento. Las buenas amigas intentan rescatar ni que sea cuatro migajas de nuestros amores, las malas no tienen problema en lanzarlos desde el precipicio más alto sin pensar que a la vez nos están lanzando también un poco a nosotras, no lo hacen con mala intención, pero lo hacen. La amistad es casi siempre una tarea de preservación, como el amor.

La inteligencia intenta controlar el amor, convencerlo con sutiles argumentos, hacerlo entrar en razón. Pero no sirve de nada. «Estoy enamorada de un hombre que no sabe quién es Gary Cooper, estoy enamorada de un hombre que no sabe quién es Gary Cooper, estoy un poco enamorada de un hombre que no sabe quién es Gary Cooper» (como si el «un poco» fuese una señal de madurez, de templanza, de fino autoanálisis psicológico y de que todo está bajo control), me repito sin cesar. Ese es el peor defecto que se me ocurre. Estoy apañada.

La gente que dice que no se quiere volver a enamorar es como la gente que dice que no quiere tener ningún otro perro después de la muerte del último. Casi nunca es verdad.

Solo puedes escribir las historias de las que conoces el final.

28 de septiembre

Ya está todo arreglado, los pajaritos cantan y las nubes se levantan.

He vuelto a soñar que mi madre se estaba muriendo y que yo la arropaba, la cubría con mi manta favorita, buscaba el sofá con los cojines más mullidos, llamaba a sus perros para que se tumbasen a sus pies, se los tapaba bien para que no cogiese frío. En el sueño de hoy ya estaba metida en su ataúd, que estaba lleno de cosas, yo ponía un poco de orden, ella abría un ojo. La última vez que tuve este sueño, mi psiquiatra se puso muy contento.

Las mujeres con las uñas de las manos cortas o no muy largas, sin pintar, cuidadas como si fuesen delicados animalitos, mates, tan perfectas en su desnudez y pulcritud como una madera sin tratar, con sus nudos y sus vetas. Me siento tontamente hermanada con esas manos que parecen hechas para sujetar bebés o libros, para la realidad y la verdad (las manos de los hombres, ahora que he hecho las paces con J., están hechas para quitarnos la ropa). El esmalte, si acaso, a veces, para las uñas de los pies, para elevarlos un poco del suelo, rojo.

29 de septiembre

Me pinto las uñas de las manos con esmalte transparente.

Es tan bueno como Salieri. O sea: muy bueno. O sea: no lo suficientemente bueno.

88

Almuerzo con Clara y un amigo común al que hacía tiempo, años, que no veía, a veces podía ser un poco malévolo. Le han ocurrido muchas cosas, claro, buenas y malas. Las pequeñas arrugas alrededor de los ojos, el pelo un poco encanecido y los comentarios un poco obvios hacen que sienta unas ganas terribles de abrazarle, de cuidarle y de decirle que no se preocupe en absoluto. ¡Oh! ¡Cómo pasa la vida por encima de todos nosotros! Como una apisonadora.

30 de septiembre

Cruzarme por la calle con un chico de la edad de Noé o más joven, con una sudadera de color rosa pastel, que finge fumar un cigarrillo indio, me alegra un poco la mañana. Y a continuación me encuentro con una amiga que está muy enferma de cáncer y a la que encima se le acaba de inundar el piso, y me abraza, dos veces, y me sonríe con tanta calidez y alegría que solo puedo pensar que soy la mayor cretina de todos los tiempos con mis dudas existenciales y mi mal humor matinal.

La generosidad calculada no es generosidad, es cálculo.

En el psiquiatra. Quise mucho a mi padre y fue muy importante en mi vida. Se separó de mi madre cuando yo tenía seis años y a partir de ese momento solo le vi los jueves por la tarde durante dos o tres horas, una niñera nos llevaba y luego nos recogía. No sé por qué no nos veíamos más a menudo. Tal vez nos encontraba pesados a mi hermano y a mí, cuando nos tuvo ya era un hombre mayor, o tal vez éramos nosotros los que preferíamos estar en nuestra casa con nuestros juguetes, en un ambiente más familiar. Mi madre me dijo una vez que no jugaba con nosotros, pero ella tampoco lo hacía, y yo tampoco recuerdo haber jugado mucho con mis hijos. Papá murió cuando yo tenía diecisiete años. Era un hombre amable, sensible, protector y fuerte, con el que me sentía a salvo. Alto, delgado y atractivo, con la voz más grave y envolvente que he escuchado nunca, la gente recuerda su voz y su presencia tranquila e imponente. Vivía en un piso diminuto, más bien un estudio, con una cocinita, un baño y un salón con un escritorio, dos sofás cama y una mesa para comer. A menudo su mirada se perdía en el horizonte, quizá fuese un poco melancólico o estuviese algo triste o aburrido, no lo sé, no lo supe nunca y ya no lo sabré, pero sé que con él me sentía a salvo. Merendábamos, nos hacía pan con tomate, íbamos al supermercado alemán de al lado de su casa, a veces −pocas, no tenía dinero y vivía con lo justo, aunque nunca le oí hablar de ello ni lamentarse, nunca se lamentó de nada mi padre, ni siquiera del cáncer que acabó con su vida− nos compraba una bobada en la papelería del barrio, una figurita de plástico de algún personaje de la tele, una goma de borrar de color rosa, unos lápices, una libretita minúscula con corazones.

Con mi madre nunca me sentí a salvo. Era una persona extraordinaria, pero su amor siempre estaba en el aire, nunca estabas segura de tenerlo, te podía ser retirado en cualquier momento. El amor de mi madre te lo tenías que ganar cada día, cada minuto, te lo tenías que merecer, no era gratis. A los diecisiete años, perdí a mi padre y unos meses más tarde a mi abuelo, y a partir de ese momento el amor se convirtió en un bien, en una mercancía y en un producto de lujo que ni siquiera el dinero −que yo, obviamente, no tenía– hubiese podido comprar. Conseguí que mi madre me quisiese a base de empeño, talento, dedicación, inteligencia, estilo, belleza, elegancia, obediencia, esfuerzo. No sé si mi hermano lo consiguió. Y, sin embargo, hubiese dado la vida por cualquiera de los dos y era una de las personas más inteligentes, generosas, vitales y sensibles que he conocido. Pero ninguna de esas cualidades garantiza que una vaya a ser una buena madre. Mi madre tampoco se sintió querida por su madre, o no lo suficiente, o no como ella necesitaba. Tal vez nuestro trabajo sea ir perfeccionando de generación en generación el amor que nos damos los unos a los otros. ¿Se sentirán amados mis nietos, mis bisnietos? ¿Habrá sido suficiente el amor que he volcado sobre la cabeza de mis hijos? ¡Oh! No lo sé.

1 de octubre

Me he vuelto a quitar el esmalte de las uñas. Definitivamente, en este momento, me gustan las manos mates, no puntuadas.

No estoy segura de que se pueda pasar con éxito de la autoficción a la ficción. Se puede hacer el camino contrario, claro, de la ficción a la autoficción, hay montones de novelistas que en un momento dado han decidido escribir sus memorias o basar un libro en un recuerdo o experiencia personal, pero la literatura del yo no permite dar marcha atrás, cuando uno se adentra en ese terreno, quizá esté abandonando definitivamente la posibilidad de escribir novelas.

Cuando se logra cierto éxito en el campo de la autoficción (un término muy molesto y discutible, toda obra seria tiene un elemento de autoficción, escribes con todo lo que eres, hasta la última célula, no es tan fácil deshacerse de uno mismo. Incluso la obra de Proust se podría considerar en cierto modo una obra de autoficción. El autor casi siempre se transparenta a través de lo que escribe, a veces más, a veces menos, según la época, las modas, su estilo, su temperamento y el tipo de literatura que hace), uno se plantea cómo seguir.

Dejar caer el «auto» y dedicarse solo a la ficción o dejar caer la «ficción» e intentar averiguar si se puede ir un poco más lejos con el «auto». Más allá de la autoficción, tal vez esté la autobiografía, tal vez esté el diario (no el diario vómito que se escribe como desahogo, ni el diario presumido que uno escribe para demostrar lo bien que escribe y lo sensible que es, sino los diarios que escribió el gran Jules Renard, que a su vez remiten, al menos para mí, a La Rochefoucauld y a La Bruyère). El término «autoficción» desaparecerá, de hecho, ya está desapareciendo, pero habrá servido para señalar una tendencia y un camino. Tal vez no sea el mejor momento para la ficción pura y dura. Ya casi no existe la literatura que no hable en cierto modo de uno mismo (Carrère, Houellebecq, Nothomb, la autora alemana de *La cita* que leí el otro día). Unos se preguntan: ¿quién es el hombre? Y otros se preguntan: ¿quién soy yo? Pero, en realidad, es la misma pregunta.

La mezquindad es la hermana terrorífica de la tacañería, como las dos hermanas malvadas de Cenicienta. Sin embargo no van unidas, tengo amigos tacaños pero nada mezquinos y conozco a gente mezquina sumamente generosa con el dinero. La gente tacaña permitirá que te mueras de hambre, la gente mezquina permitirá que tu alma se muera de hambre, lo cual, aunque no lo parezca, es mucho peor.

2 de octubre

La labor de los buenos editores debería ser convencer a la gente de que no escribiese.

Literatura no eres tú.

3 de octubre

Seguro que muchas novelas empezaron a escribirse durante un domingo de aburrimiento.

El domingo es uno de los mejores días de la semana para ser un burgués, comer, leer, descansar y sacar a pasear al perro. Para ser una burguesa, no, porque la burguesa, como toda la gente normal, casi siempre espera o desea alguna cosa (adelgazar, un bolso, volverse a enamorar). Un burgués en cambio tiene la capacidad de pasar un domingo plenamente tranquilo y satisfactorio, con la sensación de que todo está en su sitio. Si al menos estuviese en Madrid. A veces yo también pienso que todo está controlado, pero la sensación no me dura nunca más de dos minutos.

La mediocridad también es un virus altamente contagioso.

Cuando a mi hijo mayor se le pasa (un poco, de momento, nunca se sabe, todo puede a volverse a nublar en un instante) el mal humor y la rabia adolescente, vuelvo a respirar. El amor por los hijos es algo verdaderamente insoportable.

4 de octubre

Lo que ocurrió el otro día en el psiquiatra, la revelación absoluta y deslumbrante de algo que afecta a todo lo que he vivido hasta ahora y que altera de forma radical mi percepción de la realidad, solo es comparable a la experiencia del primer orgasmo. Sigo oscilando entre el aturdimiento y el entusiasmo. No recuerdo el primer beso, creo que fue en Cadaqués, con un chico francés, pero recuerdo perfectamente el primer orgasmo.

Estoy muy enamorada. Y el suéter que llevo (de marinero, gris con rayas azul marino) me queda muy bien. Estoy muy enamorada, enamorada hasta los huesos. Es posible incluso que acabe estando enamorada y punto. Sin adverbios, ni poesía, ni mucho, ni poco, enamorada y punto, como una copa de cristal traspasada por el sol.

Follar como pez en el agua.

5 de octubre

Solo nos sentimos verdaderamente responsables de las personas a las que amamos. Esta mañana, he vuelto a ver *Escenas de un matrimonio* de Bergman, no la he visto toda, tal vez no sea una película adecuada para ver a las 8.30 de la mañana de un día laborable, por muy animoso y feliz que uno se sienta. La he dejado cuando Liv Ullmann va a visitarle a su despacho para firmar los papeles del divorcio, no he tenido ánimos de seguir hasta la escena en que él empieza a pegarle. En la película aparece una mujer, un personaje secundario (sale dos minutos), absolutamente pavoroso, gélido (como solo los sabe hacer Bergman), que afirma en voz alta no querer a sus hijos (y lo dice como de pasada, ni siquiera es ese el mayor de sus problemas). El tabú final y definitivo, el borde del precipicio, más allá solo hay dragones.

Otra noche de sueño reparador fastidiada por culpa de los problemas de amor. Claro que la gente se casa.

He vivido todo el día de hoy como en un trance. Desde la solución y el desenlace a mis problemas económicos hasta mi decisión de ir a ver a J. a Madrid y el posterior enfado por que no me haya llamado al momento radiante de entusiamo y de felicidad. El psiquiatra me contó que hay pacientes que acuden a su consulta con verdadero temor a estar locos, a tener algo en la cabeza que no les funciona bien. Nunca me ha pasado, ni me lo imagino, si algo me funciona es la cabeza, creo, y sin embargo eso abre todo tipo de posibilidades terroríficas.

La única excusa posible y válida para no contestar un mensaje adorable que te he mandado hace dos horas: que te hayas muerto.

7 de octubre

Incluso con todos los instrumentos para no sufrir en las manos (inteligencia, intuición, experiencia, yoga, series, champán francés, psiquiatra, sol, dinero, hijos), seguimos sufriendo.

8 de octubre

Antes, en medio de cualquier cosa, antes de dormirme o al despertar o en yoga o escribiendo, de pronto pensaba sin querer: «Tengo miedo.» Pero hace muchos meses que no me ocurre.

He intentado salvar (y salvarme) a través de todos los hombres a los que he conocido. Obviamente no salvaba a nadie. Muy a menudo no hay nadie a quien salvar, las cosas van como van, han ido como han ido, si estamos aquí es que ya nos salvamos.

Escribir dos frases que no sean mentira al día. Tal vez esté siendo demasiado ambiciosa.

Siempre que hace buen día, pienso en ir a Cadaqués. Si tuviese chófer, hoy subiría a comer y a pasear un rato. Cuando ya me hubiese puesto insoportablemente melancólica o estuviese saturada de sol y de luz, regresaría. El problema con el chófer es que como me sentiría un poco culpable por tenerlo, me esforzaría en darle conversación, en interesarme por todos sus problemas vitales y en ser la persona más amable y comprensiva del mundo, lo cual al final resultaría mucho más cansado y estresante que conducir yo misma el coche hasta Cadaqués.

9 de octubre

El momento en que pasas de desear que alguien te escriba a preferir que no lo haga. Y luego, al cabo de un tiempo, el momento en que te da exactamente igual que te escriba o que no te escriba. Ninguno de esos dos momentos ha llegado todavía.

Empezamos a usar la palabra «sexy» porque «erótico» sonaba un poco demasiado grave, pesado, polvoriento y solemne. Y porque los asuntos serios e importantes deben abordarse con ligereza y alas en los pies.

Envidio un poco a la juventud. Que no estén quemados, que los entusiasmos puedan ser tan rutilantes, que las decepciones no sepan ni siquiera levemente a ceniza, que no estén cansados, que al enamorarse no se digan: «Bueno, a ver qué pasa esta vez», que cuando se acaban las relaciones no tengan un montón de ramas secas a las que agarrarse, ni de recursos, ni de frases. Recuerdo vagamente lo que era enamorarse y desenamorarse antes de conocer todos los trucos. En este momento, mis hijos saben más del amor que yo, están mucho más cerca de una fuente de la que yo ya no beberé más.

10 de octubre

Estaría bien ser un poco distante.

Los consejos y opiniones sobre el amor no deberían venir nunca de nadie que tenga más de dieciséis años. Julieta no había cumplido los catorce al principio de la obra de Shakespeare.

Tejo y destejo mis amores como Penélope, tejo, destejo, tejo, destejo, y vuelta a empezar.

Pero igual no hace falta que me ponga a destejer inmediatamente, pienso al ver a un hombre que me recuerda a J. mirándome por la calle.

El deseo de ver crecer algo, aunque no sean mis relaciones. He plantado cinco lentejas sobre una capa de algodón húmedo dentro de un bote de yogur de cristal. Era mi experimento favorito de niña. A ver si germinan.

Ayer J. sacó todo su arsenal por teléfono, nuestra química sexual, su fuerza física y arrojo, su deseo de conocer a mis hijos. Podía oír el sonido de sus cartuchos al rebotar contra el suelo. ¡Oh, sí, sí, sí! Y clec clec clec hacían mis agujas tejedoras.

11 de octubre

Tener los ojos tan separados como Jules Renard. Las personas con los ojos juntos ven menos. Y la cabeza tan grande como Picasso, las personas con la cabeza pequeña, ya se sabe...
Entre escribir maldades o escribir obviedades, prefiero escribir maldades. Entre decir maldades o decir obviedades, prefiero decir obviedades.

A veces, para variar, estaría bien que alguien se responsabilizase de mí.

Es imposible ser feliz sin tenderle la mano a los demás, aunque solo sea al quiosquero de la plaza para pagarle los chicles.

En mi experiencia, la gente importante suele ser la más amable y la gente que se cree importante, la más cretina.

Seré siempre, ante todo, una lectora. Primero una madre, después una mujer, después una lectora, después una escritora. Menos cuando estoy escribiendo, entonces el orden es madre, mujer, escritora. Cuando ya no pueda leer (hay un momento en que ya no se puede leer, lo vi en mi madre y lo vi en mi abuela. Y antes de eso y todavía peor, hay un momento en que pudiendo todavía leer ya no te apetece y dejas de hacerlo), contrataré a alguien para que me lea, me da más miedo dejar de leer que dejar de hacer el amor.

Las palabrotas solo les quedan bien a algunos hombres, en las mujeres siempre resultan un poco impostadas.

No me invitan a ningún lado (la mayoría de los autores se pasan el día dando vueltas), y eso que algunos libros he vendido. Igual es porque solo puedo viajar en las condiciones adecuadas. Una vez me invitaron a un festival bastante conocido al otro lado del Atlántico, y cuando dije que solo vuelo en *business,* me contestaron que esos vuelos estaban reservados para los escritores mayores o con problemas de movilidad. ¡Pero yo soy mayor! Insistí. Julieta se enamoró de Romeo a los trece y Chéjov murió a los cuarenta y cuatro. Al final no nos pusimos de acuerdo.

No solo nos hacemos viejos, sino que encima hemos de fingir que seguimos siendo jóvenes. Es el colmo.

12 *de octubre*

Sería estupendo pasar una semana al mes en Madrid. Debería ser posible si me organizase y encontrase algo que hacer allí. Me gustaría llegar a conocer la ciudad a fondo para ver si me gusta tanto como creo. Soy tan profundamente barcelonesa que no sé si sería capaz de comenzar un idilio verdadero con otro lugar, pero si lo hiciese, sería con Madrid.

Las lentejas han empezado a germinar, me sigue pareciendo un espectáculo increíble, lo más parecido a un milagro. No he visto ni pienso ver nunca un parto humano, y las veces que, desprevenida, he presenciado un parto animal en alguna película o documental, he estado a punto de desmayarme, incapaz de percibir la magia y trascendencia por ningún lado, tan solo cosas grisáceas, dilatadas, colgantes y sangrientas. Me preocupa la muerte de las lentejas. Cuando ya hayan crecido y no quepan en el bote de yogur. ¿Qué haré? ¿Plantar otras? ¿Cuánto viven las lentejas?

Debería haber un censo de escritores, más de la mitad de las personas que me siguen en Instagram ponen en su perfil que son escritores. No me extraña, es un buen trabajo.

13 *de octubre*

Descubro una quemadura de cigarrillo en el bolsillo de una de mis chaquetas favoritas que comparto con Héctor. La última vez que se la presté, un día que salió de fiesta, me sorprendió un poco que al devolvérmela la colgase cuidadosamente en el armario en vez de dejarla tirada encima de una silla o del sofá como hace siempre. Según Héctor la quemadura es de cigarrillo y no «de otra cosa», y fue culpa de uno de sus amigos y no de él. Cuando me dispongo a lavarla, encuentro quince euros en el bolsillo. Muy bien, pienso, el pago por la quemadura y por no haberme dicho que me había estropeado la chaqueta, me los voy a quedar, ¡vaya si me los voy a quedar!

Al cabo de un minuto y medio, me siento culpable y le dejo el dinero encima de su escritorio. Nunca llegaré a nada.

Creo que esta época será recordada como una de las más ridículas de la historia de la humanidad.

Disimulamos lo mejor que podemos que en realidad somos todos unos pobres desgraciados.

Un editor que no sabe escribir bien su idioma, o que lo escribe de forma descuidada, no puede ser un buen editor.

16 de octubre

Esta mañana tengo una sensación terrible de final de verano. Y todavía no siento el espíritu navideño en el aire, aunque la semana pasada ya fuese a la floristería a informarme sobre árboles de Navidad artificiales. Llevamos tres años con el mismo arbolito de hierro y tul en el mismo rincón, en diciembre lo enchufamos y el resto del año está desenchufado, Carmen le quita el polvo con el plumero. De todos modos, me dará pena tirarlo, aunque no tanta como si fuese un árbol de verdad esquelético y despelleja-do. Y quizá alguien lo quiera. El verano termina una vez al año, cuando termina legalmente, y luego cada vez que me siento triste o nostálgica y que tengo la sensación de que una cosa más está a punto de terminar.

Llevo dos semanas haciendo vida de persona adulta, seria y responsable, y lo detesto, nunca me acostumbraré, nunca seré feliz con este plan, nunca. Las lentejas han ger-minado y tres de sus tallos ya asoman por el borde del bote de yogur, parecen minúsculas serpientes de cascabel a punto de atacar. El lunes compraré un puzle de quinientas piezas muy bonito. Seguro que en Barcelona hay algún club de chiflados que hacen puzles, me voy a apuntar.

Lo más grave que me inculcó mi madre es que el amor no es gratis, que se tiene que merecer. Quizá *También esto pasará* tenía que haber sido sobre mi padre.

18 de octubre

En el instituto de Héctor le han pedido que haga una tabla de lo que come cada día, desayuno, merienda, al-muerzo, merienda y cena. Estoy un poco preocupada, creo que seguramente me llamarán para decirme que la alimentación de mi hijo no es equilibrada y para pregun-tarme por qué cena tostadas con aceite cada día (pues por-que él quiere). Pero no comemos porquerías y casi siem-pre hay fruta en casa, y los tres somos altos y tenemos un aspecto saludable, me parece.

En cuanto me llaman o me escriben del instituto, pienso que es para reñirme por haber hecho algo mal. Admiro a esos padres que llegan a las reuniones del colegio con paso decidido, un bloc de notas en ristre y el ceño fruncido, que se sientan en el pupitre de sus hijos como si fuese un trono, yo en cuanto me siento en un pupitre de escuela vuelvo a tener siete años, y que hacen preguntas críticas y avispadas. Seguro que sus hijos cenan pescado al vapor al menos tres veces por semana.

Día nuevo, bobada nueva, tan seguro como que sale el sol. Hoy algunas feministas se han rasgado las vestiduras porque los ganadores del Premio Planeta usaron como seudónimo el nombre de una mujer. Seguramente no me hubiese ni enterado, pero me ha llamado un periodista francés para preguntarme sobre el tema.

Nada crece y prospera como unas lentejas en un bote de yogur. Desde ayer han crecido al menos siete centímetros, que es lo equivalente, supongo, a escribir siete páginas en un día, algo que nunca me ha ocurrido, pero la proeza de las lentejas me parece mucho más hermosa y reseñable.

Tal vez deberíamos preocuparnos menos por la elegancia en el vestir y más por la elegancia de nuestras ideas. La idea más elegante del siglo XX fue que el hombre llegase a la Luna, en el siglo XXI de momento no se nos ha ocurrido nada parecido.

Desconocidos que te dejan verde en un artículo y que luego, encima, cuando vas a saludarlos porque coincidís en algún festejo literario, fingen no verte y te niegan el saludo. ¡Pero si ni siquiera respondí a tu artículo! ¡¡¡¡Si ni siquiera lo leí!!!!

Hombres (y mujeres) blandos haciendo literatura blanda para hombres (y mujeres) blandos. La literatura no puede ser blanda, tiene que ser dura como una piedra. John Cale, hablando sobre su época en la Velvet Underground y su trabajo con Lou Reed, dice en el documental de Todd Haynes: «Establecimos un estándar constante sobre el nivel de elegancia y de brutalidad.»

La búsqueda del equilibrio entre elegancia (belleza, autocontrol, capacidad de mantener la distancia con uno mismo y de huir de la autocomplacencia) y brutalidad (honestidad, verdad, valor), no hay más. El deseo de ser capaz de unir ambas cosas (ya que por separado no sirven para nada) y de que el resultado sea una obra de arte.

¿Por qué los hombres tienen esa idea loca de que vamos a estar ahí, esperándoles, eternamente, con nuestro amor, interés, curiosidad y pasión intactas como el primer día? Lo normal y más habitual es que cuando tú no puedas vivir sin mí, yo ya no esté interesada.

A ratos me asalta un amor loco, desmedido y un poco desesperado por mis hijos (como todos los amores verdaderos que en el fondo de los fondos esconden siempre un aullido pavoroso y justificado). Un amor total y absoluto que comprende todo el universo, todos los fenómenos y todos los mares, todo lo que ha hecho y pensado la humanidad, todos los animales, todo lo que ha ocurrido y pueda ocurrir jamás. Mi amor patético llega hasta el último centímetro de la última frontera conocida o por conocer, no hay inmensidad que no cubra. Haber vivido sin esta locura me resulta inconcebible.

Creo que me estoy volviendo rácana con mis ideas, que es algo que no soporto en los demás. Hoy he escrito una frase buena para acompañar una foto de Instagram e inmediatamente he pensado que hubiese debido ponerla aquí. Una amiga me dijo hace unos días que había decidido dejar de escribir cartas porque en ellas vertía una porción demasiado grande de su talento y que prefería utilizarlo para escribir novelas. Lo entendí, claro, al final lo que todos deseamos es escribir libros. Pero el talento no es exactamente como el dinero, que se puede ahorrar, invertir, racionar y administrar, el talento solo se puede dilapidar.

20 de octubre

Un hombre que sabe positivamente que no volverá a enamorarse está acabado como hombre y probablemente también como escritor.

Ayer vi que en la floristería tenían nardos y comenté de pasada que era la flor favorita de mi madre. Antes de irme, me regalaron uno. Los nardos huelen maravillosamente durante tres días, luego empiezan a oler como debían oler los *boudoirs* de las *cocottes* de Maupassant y de Proust, y al final acaban oliendo a enfermedad y a muerte. Me horrorizan. Odio tanto las flores elegantes como los perros elegantes. Las flores deberían ser alegres, y los perros, divertidos.

Si escribes para que te quieran, estás frito.

22 de octubre

Hoy he vuelto a entrar en una tienda de ropa de verdad, no virtual. Ha sido por casualidad. Después de comer con Luna y Pola he acompañado a Pola a Isabel Marant a recoger una chaqueta que había encargado. ¡Qué maravilloso volver a estar en una tienda bonita! Lo hubiese comprado todo, empezando por la chaqueta de Pola que le voy a copiar, pero en otro color. Camisas de flores, jerséis multicolores, pañuelos con estampados indios para el cuello, joyas y un reloj como de hombre pero de mujer, con la esfera ovalada, muy grande y fina, que me ha recordado mucho al que llevaba mi padre. No hemos estado mucho rato y al final no he comprado nada, pero ha sido estupendo recordar la euforia y alegría que a veces, antes de comprar por internet, antes de la pandemia, podía provocar entrar en una tienda de verdad. Pola se ha dirigido al dependiente, que era muy amable, en francés. «Es que sé que es francés», me ha dicho riendo cuando le he preguntado al salir, «y me encanta hablar francés.» Por un momento ha parecido que no estábamos en Barcelona.

Para saber quiénes son tus amigos, piensa en quién te prestaría dinero. Esos son tus amigos.

23 de octubre

Hoy, por sorpresa, hemos ido a ver a Enric a Prats. Como no nos cogía el teléfono y era sábado, no sabíamos cómo lo encontraríamos (en el trayecto en coche hasta allí se me han ocurrido tres opciones: en la cama con una novia rusa, durmiendo o muerto). Entonces me he empezado a preocupar por el shock y el trauma que supondrían para Noé encontrar a su padre muerto en la cama (he pensado que lo más probable era que hubiese muerto durmiendo, es una buena persona y las buenas personas a menudo mueren así, mi abuelo murió así y mi madrina también) y he pensado que lo mejor era prepararle disimuladamente para esa posibilidad.

—No sé, igual se ha muerto —le he dicho en voz baja mirándole de reojo.

Y él, que no está chiflado ni obsesionado con la muerte, sin apartar la vista de la carretera, ha respondido:

—No digas tonterías, dulce Milena.

Lo hemos encontrado en cuclillas, con el pelo revuelto y barba de cuatro días, en chándal y con muy buena cara, al sol, arreglando una cerca de su huerto, con Patum tumbada a sus pies. ¡Qué alivio! Estaba muy contento y sorprendido de vernos, hemos ido a comer y lo hemos pasado muy bien.

La diferencia entre una persona dramática y una persona intensa es que la intensa no suele tener ni pizca de sentido del humor.

26 de octubre

Pienso mejor con la espalda recta.

Compraré caprichos, una vez a la semana, los viernes. El resto del tiempo viviré cerca de los libros, que es donde más tranquila (y ahorrativa) me encuentro.

28 de octubre

Un hombre que no me quiere conquistar me regala primero unos nardos y a continuación un tomate perfecto, ni demasiado grande ni demasiado pequeño, pero lo bastante grande para poder ser un regalo, jugoso, encarnado, más bonito aún que los nardos. ¿Cómo puede ser que no me quiera conquistar? ¿Es un psicópata acaso?

Escribir también requiere un calentamiento previo. Al cabo de una o dos horas, la lengua se suelta, todo fluye con más facilidad, mente y palabras se acompasan. Y al día siguiente hay que volver a empezar de cero.

29 de octubre

No hay ningún hombre mayor de diecinueve años que quede bien encima de un patinete, ninguno, tal vez un monje budista.

Sacudirse la pesadez y la bobería de los tiempos que corren cada noche antes de acostarse, como los perros cuando salen del agua, vigorosamente.

Ayer casi me puse a llorar de forma tonta e inesperada al comentar una observación de Chéjov con una amiga. No sé si ella se dio cuenta, en cualquier caso, como está muy bien educada, no dijo nada. Solo hay que movilizarse cuando afloran de verdad, en carne y hueso, las lágrimas, cualquier cosa que hagas antes de ese momento preciso solo sirve para precipitarlas y hacer que el otro se sienta peor.

He empezado a ver la película que hicieron el año pasado sobre la vida de «Colette». Imagino la conmoción de las primeras personas sensibles que leyeron algo de Colette, de Chéjov o de Proust, por ejemplo. La sorpresa y la emoción que debieron de sentir al darse cuenta de que estaban ante algo extraordinario, totalmente excepcional y fuera de lo común. En mi escena favorita de *Amadeus,* la mujer de Mozart le lleva a Salieri unos borradores de partituras que su marido acaba de componer, ni siquiera están corregidas. Al leerlas, Salieri, alucinado, perplejo, conmovido hasta las lágrimas y también rabioso, oye la música en su cabeza, «la voz de Dios» la llama, «la más absoluta belleza». Es la única voz que importa en el arte, la voz de Dios. O la oyes o no la oyes.

31 de octubre

Me caían mal los amigos de mi madre porque en el fondo no podía soportar la idea de que la que me cayese mal fuese ella. Me preocupa un poco que haya algún tipo de vida después de la muerte y que se entere de todas las cosas que por fin, casi diez años después de su muerte, me atrevo a pensar. A pesar de todo no quisiera disgustarla con mis palabras. Hoy tenía que leer *Tío Vania,* pero la semana que viene leeré *Hamlet,* quizá esta vez la entienda y la valore más. Es posible que me esté convirtiendo en la persona más aburrida y ceniza del planeta.

Hemos ido a la fiesta de cumpleaños de la hija de Pola y Emiliano que hoy cumplía cinco años. Hemos cantado «Feliz cumpleaños» en un montón de idiomas y había al menos cinco o seis tipos de tarta diferentes. Nuestro regalo ha sido muy celebrado. He bebido mucho champán y he hablado largo rato con la madre de Pola y con la de Emiliano, que iban disfrazadas de brujas. También había otra gente fantástica. Es genial que Héctor me acompañe a estas cosas. Ahora se ha ido a casa de su padre. Noé está con el suyo en Prats y yo, después de tanto jolgorio, me siento más sola y triste que de costumbre.

Entre la elegancia y la calidez, siempre escogeré la calidez.

2 de noviembre

La amistad después del amor es una vulgaridad, y la amistad durante el amor también lo es bastante.

3 de noviembre

Mañana voy a Madrid a ver a J. y Héctor me pregunta por primera vez (es posible que me lo hubiese preguntado antes y yo hubiese contestado con evasivas, no estoy segura) qué edad tiene. Al enterarse de que tiene veinte años menos que yo, finge escandalizarse y horrorizarse, pero veo perfectamente que en el fondo le hace gracia. De pronto me mira de otra manera, entre socarrón y apreciativo. Pasa el resto de la tarde, hasta la hora de acostarse, lanzándome indirectas y haciendo bromas. A Héctor solo le escandaliza la estupidez, a Noé, la injusticia. Están muy bien educados.

5 de noviembre

Los besos de J. son reticentes. Son besos controlados, como si cada uno fuese el resultado de una receta de postre complicada y precisa. Hay personas que cuando besan concentran toda su energía física y mental en los besos, como si todas sus fuerzas y todos sus recursos ascendiesen hasta la boca y fuesen expulsados en un batiburrillo intenso y desbocado. J. no. Sus besos son sobrios, escasos y perfectos. Me gustarían aunque no me los diese él, si pudiese comprarlos en el súper, en la sección de aceitunas o en la de golosinas, por ejemplo. Ayer inadvertidamente le llamé dos veces «cariño» y luego él, de pie en la habitación, también me lo llamó a mí. Tres «cariños» y quince o veinte besos. Mi vieja idea del amor aúlla, enloquecida e indignada, pero yo, de momento, no.

7 de noviembre

Paso por delante de la habitación de Noé y oigo que está practicando al piano «El noi de la mare», un villancico tradicional catalán. Me detengo un segundo al lado de su puerta, veo al álamo agitarse detrás de la ventana y a Chéjov mirarme fijamente desde el póster del recibidor. Todo está tan bonito e inmóvil como al principio de las películas de Bergman. Falta poco para Navidad. Me parece que soy feliz.

8 *de noviembre*

Quiero tener un piso en Madrid, merendar cada tarde con Guío y sus hijos, y que luego, cuando haya oscurecido, porque es otoño, acaban de cambiar la hora y ya se hace de noche más temprano, me venga a buscar J. para ir a cenar los dos. Al sentarse a mi lado, me pondrá muy levemente, durante un instante, la mano sobre la rodilla a modo de saludo, para decirme que está allí, conmigo. De camino al restaurante, entraremos en una tienda de objetos de decoración y me regalará un reloj de arena azul. Nos tomaremos dos daiquiris cada uno antes de cenar, con el estómago vacío, pero ni siquiera nos afectarán porque seremos dioses, niños y leones, todo a la vez. Cenaré sopa de fideos y bistec y él merluza a la romana, nos partiremos unas torrijas de postre. Haremos el loco el resto de la noche. Le suplicaré que no se duerma y me quedaré dormida yo.

Es un autor con conciencia social. Con eso está todo dicho.

Hay que oscilar entre la pasión y la sangre fría, sin detenerse en los términos medios.

9 *de noviembre*

He ido a yoga y por la tarde tengo psiquiatra. No me gusta nada ir, me parece otro lugar más en el que tengo que dar la cara y estar a la altura, me devano los sesos desde la mañana pensando en qué voy a contarle al doctor.

Pero sorprendentemente cada visita sirve para aclararme algo, ya sean cosas pequeñas o cosas grandes.

10 de noviembre

¡Oh! ¡Qué maravilloso sería poder vivir de la escritura! No haberme visto obligada a vender nada, prosperar, crecer, comprar propiedades, irme con los chicos de vacaciones a lugares fabulosos, vivir en un piso grande y luminoso con un suelo de madera clara. Igual si tuviera más pinta de pobre, conseguiría algún trabajo. Ni siquiera he logrado que mi propia editorial me dé traducciones. Debo transmitir más preocupación y miseria.

Estoy tan aburrida y enrabiada que voy a ir a yoga. Ayer también fui y me pasé la mitad de la clase gruñendo, mostrando gestualmente mi desaprobación por los ejercicios que nos proponían y sustituyéndolos por los que me parecía a mí. Por suerte la profesora me conoce.

Como venganza por que el mundo sea un asco, hoy desayunaré mantecados.

Y me paso una hora dando vueltas alrededor de un mantecado que al final no me como. Ese es el nivel de patetismo de hoy.

11 de noviembre

En algunos niños reconozco a la niña que fui, y en algunas viejecitas, a la viejecita que seré (si no muero antes). Y ellos me reconocen a mí.

En mi lista de expresiones españolas más odiadas está «tener los pelos como escarpias». Alguien que utiliza esa expresión se ha alejado ya tantos kilómetros de la búsqueda de la belleza que es imposible que encuentre jamás el camino de vuelta a casa.

María Antonieta era una falsa frívola, yo también.

12 de noviembre

Intento que lo que digo sea cierto, pero hay muchísimas cosas que no digo. Puedes contar tu vida con pelos y señales, hasta los más mínimos detalles, y que sea mentira. ¡Pero que una sola frase, un párrafo, un cuento, un poema sean verdad! Entonces es como cuando en las películas en una máquina tragaperras se alinean las tres frutas del premio, entonces se encienden todas las luces, suena una música triunfal y cae un chorro de monedas de oro. Pero qué pocas veces ocurre.

Tener la decencia, al menos, de no contar mentiras, de no fanfarronear, de no robar las ideas de otros.

Una manera feliz y veloz de regresar a la infancia: susurrar y que nos susurren a la oreja.

13 de noviembre

Enamorarse de alguien, eso estaría bien. Ojalá ahora que me he enfadado con J. tenga unos días de tranquilidad, sin expectativas, ni preocupaciones, ni mensajes, ni nada. Tal vez toda una vida de tranquilidad, incluso.

Esta tarde, en vez de ponerme el perfume que a J. le gustó tanto la última vez y que uso desde entonces, me he puesto otro, mucho mejor, que utilizo desde hace casi veinte años y que es mi perfume favorito de verdad. Aunque puedo pasar temporadas enteras sin ponérmelo, siempre tengo un frasco en casa por si acaso.

14 de noviembre

Vamos a dejar pasar el temporal sin hacer gran cosa, y cuando haya pasado, ya pensaremos en qué hacer. Como Escarlata.

Prefiero mil veces que me pidan dinero prestado a que me pidan que me lea un manuscrito.

15 de noviembre

La elegancia absoluta de Renard, que es capaz de hablar de sexo diciendo todo lo que hay que decir pero sin siquiera mencionarlo. Hemingway en eso también es un genio absoluto de la claridad y de la delicadeza.

De Virginia Woolf hay diez, doce fotos en total, no veo por qué de mí debería haber más. De Proust, debe de haber cuatro.

Lo único que me importa es sentirme querida (por el cartero, el dermatólogo, el señor con el que me cruzo por la calle para ir a comprar el pan, la florista, el mendigo, mis amigas), todo lo demás me trae sin cuidado.

16 de noviembre

Un escritor intentando demostrarme que una escritora que no me gusta demasiado es en realidad una tía guay:

—Después de la presentación y de la cena, cuando ya habíamos bebido un poco y estábamos bastante animados, empecé a hablar con mi colega de la lluvia dorada y tal. Entonces, me volví hacia ella y le pregunté: «¡Oye! ¿Y a ti ya te han meado alguna vez encima?» Y vi cómo se quitaba el disfraz y la careta, empezamos a hablar y a bromear, y, ¡oye!, es una tía genial, en serio. Seguimos hablando así hasta altas horas de la noche.

17 de noviembre

A menudo deseo estar en Cadaqués, al sol, delante del mar.

«Sangre fría, sangre fría, sangre fría», me repito algunas mañanas, como un rezo, una invocación y una cantinela para no salir gritando a la calle.

Me he vuelto a poner el perfume de J., que ya será, hasta el final de los tiempos, el perfume de J. O quizá no. Tal vez un día lo vea en la estantería, entre los otros frascos, y me recuerde vagamente a algo o a alguien, pero no sepa situarlo con exactitud. Me quedaré de pie con el botecito en la mano, olisqueándome la muñeca y devanándome los sesos. «¿Cómo se llamaba? ¡Oh! Era muy guapo...» Pero nada de eso ocurrirá ya, porque ahora está escrito aquí, usado, fijado, maleado y liquidado.

116

Aunque es probable que lo olvide de todos modos, de mi último libro ya no recuerdo casi nada.

18 de noviembre

La vejez empieza en el segundo exacto y preciso en que renuncias a seducir. No tiene nada que ver con la edad.

Pienso que escribo fatal hasta que leo lo que escriben los demás.

Personas que me complican la vida: mi agente, mi editor, el gestor, el tío del banco, el psiquiatra. Personas que me alegran la vida: la florista.

19 de noviembre

Rebuscando en mis estanterías de perfumes, he encontrado uno que es del mismo estilo del que le gustó tanto a J. la última vez, pero mejor, más seco todavía, sin frutas ni flores ni nada, el olor de unas ramas ardiendo en el desierto bajo un cielo frío y estrellado, nada más. El bote está casi vacío, me tendré que comprar otro.

20 de noviembre

Hay dos tipos de personas: las que para definir un comportamiento dicen que es de buena o de mala educación y las que, para hacer lo mismo, utilizan el adjetivo «elegante». Es un matiz, pero implica dos maneras distintas de ver la vida. La elegancia presupone una cierta belleza, ambición y amplitud de miras, mientras que la buena educación se compone de un conjunto de normas a las que plegarse.

21 de noviembre

Las personas que dicen que todo el mundo folla suelen ser las que menos follan.

22 de noviembre

Me gustaría escribir algo furibundo, pero como acabo de salir de yoga, no lo consigo, tomo carrerilla, me impulso hacia delante, salto y, en vez de volar en alas de mi ira, caigo al suelo como un saco de patatas. Más tarde quizá.

No hay nada más refinado y encantador que discutir con tu editor por una coma. Cuanto más rato, mejor.

Es necesario ser un genio como Paul Éluard para escribir: *«La terre est bleu comme une orange.»* «La tierra es azul como una naranja.» Después de eso, ya te puedes echar a dormir para el resto de tus días. Es la frase más rara, sencilla, sugerente, irritante, alegre, perfecta jamás escrita. El cerebro se cortocircuita unos instantes al escucharla, como si le estuviesen obligando a hacer una cabriola extraña. Mejorar el mundo con solo siete palabras. De vez en cuando la repito, para ponerme de buen humor, para hacer un poco de gimnasia, para estirar los músculos y para recordar que esta frase tan perfecta pulula por el mundo, como un animalito salvaje y saltarín.

24 de noviembre

Héctor a su padre, que le pregunta si hay alguien nuevo en su vida: «Papá, nunca no hay nadie.»

Pierdo todas las gafas, menos las birriosas que me compré hace dos años en una cadena de moda, esas tienen un imán mágico que hace que siempre regresen a mis manos.

Soy la última cursi.

Número de horas que puedo estar sin hablar con J. antes de empezar a ponerme gravemente enferma: cuarenta y ocho y bajando.

25 de noviembre

No he podido acabar *El coronel no tiene quien le escriba*, que tiene noventa y ocho páginas en la edición de bolsillo. García Márquez, que fue uno de mis héroes de juventud y cuyos libros adoré por encima de todo en este mundo. Y ahora, después de cincuenta páginas, no siento ningún deseo de seguir leyendo. Los libros deparan más sorpresas que las personas. Dentro de unos meses tal vez pruebe con otro, pero no quisiera que se me partiese el corazón definitivamente.

Entrar en la aplicación para teléfono del banco a hacer unas gestiones intentando no ver en ningún momento qué saldo tienes en la cuenta es difícil pero no imposible.

26 de noviembre

Un día uno se da cuenta de que lo que ha escrito lo van a leer los demás. La idílica, romántica y tormentosa relación de pareja que uno tiene con su texto se acaba y la habitación de pronto se llena de gente y de voces. El encantamiento se ha roto, mi historia de amor, mis jugueteos y tentativas, la intimidad milimétrica y sangrante con el texto, el compromiso, los caprichos, los vuelos repentinos y alocados de la imaginación han terminado. Por fortuna el año está casi acabado y en enero o febrero espero volver a escribir en libertad.

Acabar de escribir y empezar a negociar, primero con uno mismo y después con los demás.

La mirada de un desconocido por la calle me puede dar multitud de ideas estilísticas. Supongo que me ocurriría lo mismo con las mujeres si me gustasen sexualmente, pero ellas nunca me dan ganas de comprarme un jersey rojo o una pulsera de turquesas.

27 de noviembre

Nunca se sabe lo que ocurre entre dos personas, pero todo lo que ocurre ocurre siempre entre dos personas.

28 de noviembre

Salgo de casa para ir a tirar la basura y a por un café y en la puerta de la calle me encuentro al vecino más guapo del barrio (pelirrojo, fuerte, delgado y alto) llorando (sollozando, le oigo sin saber de quién se trata antes incluso de haber cruzado el umbral de la puerta) mientras habla por teléfono. No sé cómo se llama, nunca hemos hablado, pero nos saludamos a veces cuando nos encontramos delante de casa, que es donde él suele aparcar su moto. Con la mano que tengo libre, le doy dos golpecitos de ánimo (o de no sé qué) en el brazo que no parece advertir. No sabemos nada de nadie y todo es un desastre.

29 de noviembre

Cuando un editor te pregunta: «¿Cómo estás?», en realidad te está preguntando «¿Cómo va la escritura?», que es una pregunta muchísimo más íntima y peliaguda, como preguntarle a alguien si está enamorado (aunque en realidad sea la pregunta más fácil de responder del mundo, tan fácil como «¿Tienes sed?»). Si a tu editor le importa más cómo estás tú que lo que estás escribiendo, cambia de editor.

Una amiga nueva me propone muy amable ser la primera en leer lo que estoy escribiendo, «Aunque no nos conozcamos mucho, utilízame como conejillo de Indias, si quieres», dice. Sí, claro, y ¿qué más quieres? ¿Que me abra las venas delante ti en un ritual satánico? ¿Que me saque el corazón y, ensangrentado, lo deposite encima del mármol de tu cocina? Pero respondo muy amable que me en-

121

cantaría que fuese una de las primeras personas en leerlo cuando se publique.

30 de noviembre

Me vuelvo a encontrar al vecino guapo en la puerta de casa. Hoy ya no llora, sino que ríe contento. Me ignora completamente. ¡Pero tío, si el sábado casi te salvé la vida! La gente está loca.

Me pregunto si la idea de enterrar a Almudena Grandes con un libro de su marido fue una petición de ella o una idea de él. Espero que fuese una idea romántica de ella (y que de veras no prefiriese ser enterrada con la *Ilíada* o *La divina comedia*) y no una decisión de él. Pero los escritores somos capaces de todo.

Cambio el agua de las flores a diario. Abro el grifo, dejo que el agua corra unos instantes hasta que sale helada, saco las flores con cuidado, vacío el jarrón, vuelvo a llenarlo y coloco de nuevo el ramo, tallo a tallo. Algunos días, eso es lo más sexy que hago.

1 de diciembre

Ha muerto Oriol Bohigas, símbolo y artífice de una Barcelona que ya casi no existe, pero en la que fuimos muy felices. La última vez que le vi fue en una de las fiestas navideñas de Jorge Herralde y Lali Gubern, hace unos cinco o seis años. Recuerdo que vino a la presentación de *También esto pasará* con Beth Galí. No había nadie más glamouroso y brillante en toda la ciudad. Alguna noche de verano, en Cadaqués, hace mil quinientos años, coincidí con su hijo Pere, el hombre más guapo del mundo, por las calles del pueblo, y alguna noche vimos amanecer. Por aquel entonces todo era posible, Barcelona era una ciudad rutilante y el mundo, un festín. O tal vez solo es que éramos jóvenes.

Todavía no he decidido si tuve una infancia feliz, pero ¡la juventud! ¡Oh, la juventud!

Es un milagro que los hombres inventasen la noción de justicia en un mundo tan carente de ella.

3 de diciembre

Llevo tres días —bueno, dos, hoy será el tercero— comiendo sopa de fideos y autocompadeciéndome porque ya no tengo los pisos que tenía (dos), sería mil veces más digno llorar por un hombre y alimentarme de *marrons glacés*.

4 de diciembre

No sé si todo el mundo ha sido joven, creo que no, tampoco sé si todo el mundo ha vivido una gran historia de amor, creo que sí. Pero observo algunos de los gestos y de las expresiones de los Beatles y de la gente que los rodea en el documental *Get Back* y son exactos a los de Héctor y sus amigos, iguales a los de muchas chicas fantásticas con las que me cruzo por la calle, una alegría profunda y a la vez fugaz como un rayo, jugosa y extraordinariamente fuerte, una belleza absoluta y rubicunda que va mucho más allá de lo físico, una energía a la que solo corresponde una palabra: vida. Ilimitada, arrolladora, prepotente, pasota, seria, brillante, tentativa, imposible de imitar o de reproducir, efímera; perecedera, claro. La fuente de todo, el mayor espectáculo del mundo, la prueba de que somos grandes y de que tal vez morirse no sea tan grave ni tan final. Y en el fondo de la mirada (tanto en la de Paul como en la de John) una nostalgia muy antigua todavía sin estrenar, al acecho, el tiempo esperando.

No hay ningún artista tan joven como los Beatles.

5 de diciembre

Sigo oscilando entre intensamente feliz y profundamente desgraciada.

El mundo se divide entre las personas que utilizan la palabra «follable» y las que no. Los hombres, pobres, ya no se atreven a pronunciarla, al menos no en nuestra presencia, pero algunas mujeres sí. La gente que dice que alguien es follable es la misma que cree que a las personas se las puede y se las debe «cancelar». Los seres humanos no somos ni follables ni cancelables. Que vayan a pasear por el campo o que lean a Chéjov y lo entenderán.

A finales de año, igual que se hace una lista de las palabras nuevas más utilizadas, se debería hacer una lista de las nuevas frases más bobas. Yo creo que este año debería ganar «todo es político». Una frase que tiene el doble mérito de ser una idiotez y de embrutecer y ensuciar de un brochazo todo lo que nos rodea. Como lo de follable y cancelable. Aunque dentro de todo, mejor ser follable y cancelable que todo lo contrario, claro.

Recuerdo a una profesora del Liceo Francés, debíamos de tener unos siete años. Un día le dijo a una alumna que no recuerdo qué había hecho, acariciándole suavemente la mejilla: «Mimitos, mimitos, mimitos. Esto es lo que te mereces.» Y le soltó un bofetón. Nunca olvidé (ni yo ni mis amigas, lo hemos hablado muchas veces) aquella escena. No creo que despidiesen a la profesora, eran otros tiempos. Tampoco fue una bofetada fuerte, sino más bien simbólica, y la niña quedó tan petrificada que ni siquiera se echó a llorar. «Mimitos, mimitos, mimitos... Esto es lo que te mereces.» Sobrevivir al Liceo Francés y a mi madre fue una buena preparación para la vida.

J. dice que soy dura y «especialita». No está nada contento. Yo tampoco.

6 de diciembre

Hoy Noé cumple veintidós años. En realidad, podría no haber escrito nunca nada y no volver a escribir nunca nada más, solo las palabras «Noé» y «Héctor» y ya estaría todo, mi vida entera, la justificación y la explicación de todas las cosas, la luz y el aire. Noé y Héctor.

Igual estaría bien volver a pensar en silencio, como antes, y no en voz alta.

7 de diciembre

Los disgustos amorosos deberían entrar dentro de la categoría «pequeños dramas de la vida cotidiana».

8 de diciembre

Ahora es cuando un mal escritor se pondría a escribir. A destajo, con todas sus vísceras encima de la mesa. Nonononono.

Acompaño a mi hijo pequeño a casa de su padre en coche. Antes de marcharse se acerca a mi ventanilla, le da unos golpecitos para que la baje y me dice sonriendo: «Ahora no te suicides, ¿eh?»

9 de diciembre

Después de casi un año sin hablarnos, me escribe Néstor para ir a desayunar. Como llevo unos días muy asustada, inmediatamente pienso que o bien quiere pedirme algo o bien quiere reprocharme una cosa que ocurrió hace ciento cincuenta años. Lo típico entre hermanos. Así que antes de salir de casa le escribo diciendo que después de un año sin vernos espero que no me haya citado por alguna cuestión práctica. Me contesta simplemente con un interrogante, tiene razón, estoy mal de la cabeza.

Nos encontramos en la calle porque la cafetería en la que nos habíamos citado esta llenísima. En cuanto me ve, se acerca a mí sonriendo y, antes de dejarme decir nada, susurra «¿Qué pasa?» y me abraza. Un abrazo que invalida

126

todos los abrazos, pocos, que me han dado en el último año. Me sujeta contra él durante varios segundos. Mide casi metro noventa y siempre ha hecho deporte. Con su barba rubia, su gorro de marinero y su anorak azul hoy parece un vikingo. No me suelta, estoy tan sorprendida que no logro disfrutarlo plenamente, pero es un abrazo de amor, eso lo sé. Había olvidado que mi hermano me quiere. Me quiere con esa forma irracional de amor que no se elige, que no da opción, que no necesita pasar exámenes semanalmente ni ser reevaluado en la consulta de un psiquiatra. Ese es el amor que Néstor siente por mí y que yo, que considero, pequeña estúpida, que mi amor es un regalo y una bendición para los demás, suelo olvidar. Pero sería un descanso tan maravilloso estar segura de que existen algunos amores (aparte del amor por los hijos) que no están a merced de la dirección en que sople el viento cada mañana. Tenerlos fijos allí, en el horizonte, como boyas en medio de la tormenta. Estaría bien.

–Estamos todos hechos una mierda –suspira mi hermano al cabo de un rato, después de zamparse un bocadillo de jamón.

Y la felicidad de volver a pronunciar la palabra «hermano». «Hoy he desayunado con mi hermano», le digo a la señora que me depila. Y ni siquiera se sorprende.

10 de diciembre

Todas las películas me hacen llorar, también las que no tienen ni pizca de drama. «Oh, pobres, pobres», pienso, «qué complicado es todo para todo el mundo, qué triste, qué difícil, qué corto, qué largo», me digo mientras me seco las lágrimas. Mis hijos ni se inmutan porque están

acostumbrados a verme llorar con las películas más impro-
bables. En la vida real creo que me han visto llorar una o
dos veces, los padres no lloran, no forma parte de su trabajo llorar.

Por suerte muchas de las marcas de ropa que me gustan ya están presentando sus novedades para el verano. He
encontrado el conjunto de camisa y falda perfecto para ir
a una boda de primavera, si me invitasen a bodas (he ido a
dos en toda mi vida), de seda violeta con unos pequeños
motivos en color mostaza.

11 de diciembre

Darle la mano a alguien cuando te lo presentan es
mucho más significativo y elegante que lanzar dos besos al
aire (por no hablar de los que, a raíz de la pandemia, alzan
el codo y lo chocan con la otra persona, la fealdad, triviali-
dad y bobería del gesto, como si saludar a alguien o conocer a alguien nuevo no fuese más que un chiste). Pero en
el digno gesto de estrecharle la mano a alguien hay como
un esbozo de acuerdo («Hola. Ahora somos dos personas
que se conocen»), cierto respeto y rigor, y la verdad absoluta y grandiosa del tacto de la piel del otro. La presión
ejercida por ambas partes durante unos segundos y sobre
todo el desenlace, cuando las manos se sueltan y deciden
(si es que esas cosas se deciden, creo que no) si se separan
bruscamente, sin pensárselo dos veces, o con una especie
de caricia, esos dos segundos en que las manos ya no se
rozan porque se han separado, pero siguen tan cerca que,
si quisieran, podrían volver a enlazarse. No se trata de
cómo te dan la mano, sino de cómo te la sueltan.

13 de diciembre

No sé ni cuándo murió ni cuándo nació mi padre. Voy a averiguarlo, es el tipo de tarea que uno emprende el día de Navidad por la tarde, empachado y agotado, para acabar de redondear la jornada.

14 de diciembre

La primera pregunta que le haré al próximo hombre que quiera invitarme a cenar será: «¿Llevas mascarilla al aire libre, cuando caminas por una calle normalmente concurrida?» Y en su respuesta estará todo.

16 de diciembre

Me escribe Airy, la chica que se encarga de alquilar la casa de Cadaqués, para sugerir que de cara al próximo verano hagamos pintar la fachada. Llevo días con la sensación de vivir rodeada de cosas que se derrumban, que tengo y que no tengo, así que accedo con entusiasmo: «¡Claro! ¡Pintemos la fachada! ¡También el interior si no es muy caro! ¡Pintémoslo todo!»

Y pienso en nuestra casa, blanca como la nieve, sobria, sencilla y reluciente bajo el sol de Cadaqués. Recuerdo la primera borrachera seria de mi hermano, con tequila, treinta años atrás, se puso tan malo y le pilló tan desprevenido que no tuvo tiempo de llegar al baño y vomitó por la ventana, como en la Edad Media. La casa se acababa de pintar y mi madre dijo que ni en broma iba a hacer regresar a los pintores, así que el lamparón amarillo de tequila

129

se quedó en la fachada durante años, haciéndonos reír cada vez que nos fijábamos en él. Nunca ha sido un gran bebedor mi hermano.

18 de diciembre

Cada vez que el psiquiatra pronuncia la palabra «madurez» pienso en una manzana a punto de pudrirse.

Mi psiquiatra está enfermo. Ahora es cuando la frivolidad debería serme de gran ayuda, pero llevo dos días maniatada de pies y manos por el dolor, debatiéndome con todas mis fuerzas para liberarme y sin lograrlo.

No debería escribir nada en este estado, todo será mentira o basura, tal vez si me dedicase a la poesía o al patetismo.

20 de diciembre

·Héctor, con su inagotable curiosidad e infalible olfato para todo evento social, muestra gran interés en ir al homenaje póstumo que le hacen hoy a Oriol Bohigas en el Saló de Cent.

21 de diciembre

No me emocioné ni una sola vez en la despedida a Bohigas, lo cual demuestra que fue un gran acto, digno, bien pensado y organizado, con solo uno o dos tontos.

23 de diciembre

Y poco a poco, como si fuese una locomotora antigua, la Navidad se pone en marcha. Los chicos ya no tienen clase. Nos encontramos a conocidos por el barrio haciendo compras como nosotros, tal vez un poco más risueños que de costumbre. La calle está a la vez más oscura y más iluminada. Se montan planes imprevistos, Nochebuena con el padre de Héctor, San Esteban con Clara, solo me queda libre la comida de Navidad, algo surgirá, y si no, tengo blinis y salmón en la nevera, champán y turrón de chocolate. El mundo aminora su paso, respira por fin. (La nieve haría que se detuviese del todo, uno, dos segundos.) Nunca, ningún año, he conseguido odiar la Navidad.

25 de diciembre

Para un escritor lo único que importa es el punto de vista.

Subiendo por la calle Mandri, casi vacía porque es temprano y porque es Navidad, al elevar la mirada hacia el cielo azul y despejado, pienso durante cinco segundos en mi madre, en Oriol Bohigas y en todos los que hicieron de mi infancia, de Cadaqués y de una época, un lugar en el que la belleza, la diversión y la dirección del viento eran lo único que importaba.

26 de diciembre

Cena de San Esteban en casa de Clara. Viene también un amigo suyo muy simpático. Nos enseña una foto tomada el día anterior junto a su primo. «¿Verdad que somos clavados?», dice. «En absoluto», exclamamos las dos a la vez. Objetivamente es cierto que se parecen bastante, pero uno, por casualidad, el que esta noche cena con nosotras, tiene pinta de haber ligado lo que le ha dado la gana en la vida y el otro no. Y eso, aunque tal vez no sea visible para un hombre heterosexual, los convierte al instante en dos especies distintas para nosotras.

27 de diciembre

Tienen la sartén por el mango: los que pasan de todo y los que están dispuestos a ir hasta el final. Pringan: los del medio.

Me cuenta J. que hace unos días, como castigo por ser un descuidado, encargó a su hermano pequeño que pasase el aspirador por toda la casa, al llegar a su dormitorio, y mientras aspiraba concienzudamente cada rincón, encontró una horquilla mía y se la dio. «Me pasé un buen rato con la horquilla en la mano mientras me asaltaban un montón de imágenes muy gráficas, tuve que parar porque me estaba poniendo muy nervioso», dice riendo. Llevábamos más de un mes sin hablar por teléfono. Veo sus dedos fuertes y capaces juagueteando con la horquilla, como un barquito de papel en medio de un gran oleaje.

28 de diciembre

Vamos a ver *West Side Story*, la nueva película de Spielberg, y salgo de la sala conteniendo los sollozos, habiendo olvidado todas mis patéticas penas y preocupaciones y con unas ganas locas de vivir. Qué narrador, madre mía. La escena en el gimnasio atestado de gente cuando se ven por primera vez. Nadie ha contado nunca tan bien lo que es un flechazo, ni Proust, ni nadie. ¡Y sin utilizar una sola palabra! ¡Y la ambición! La ambición de Spielberg es ilimitada, nada de contar una pequeña parcela de la experiencia humana, nade de cine de autor, nada de autoficción, ninguna gracieta visual o guiño pseudointelectual, Spielberg quiere contarlo todo, abarcarlo todo, como Shakespeare, como Proust, como Orson Welles, y se lo quiere contar a todo el mundo. Probablemente sea el artista vivo más importante.

30 de diciembre

Las personas que te saludan por la calle sin quitarse la mascarilla esperando que las reconozcas están muy equivocadas. Pero ¡qué agradable sorpresa cuando detrás de la mascarilla se esconde una persona que te cae bien de verdad!

31 de diciembre

Salgo temprano para comprar algo de cena, salmón ahumado, el recurso culinario navideño de los inútiles como yo. En el camino de vuelta a casa, anda delante de

133

mí un hombre mayor. Lleva unos pantalones de pana color mostaza un poco gastados, una de mis prendas de vestir favoritas para los hombres mayores. Carga con dos bolsas de plástico y por una de ellas asoma un ramo de rosas rojas. Espero que esta noche cene con una amante, una mujer a la que haya querido en secreto durante largos años y que haya quedado viuda recientemente, que duerman juntos y que sean muy felices.